WEI YUEDU

微阅读

1+1工程

1+1 GONGCHENG 第八辑

穿越汉朝的一件布衣

吕啸天

百花洲文艺出版社
BAIHUAZHOU LITERATURE AND ART PRESS

图书在版编目（CIP）数据

穿越汉朝的一件布衣 / 吕啸天著. —南昌：百花洲文艺出版社，2014.9（2018.12 重印）
（微阅读 1 +1 工程）
ISBN 978 -7 -5500 -1028 -4

Ⅰ.①穿… Ⅱ.①吕… Ⅲ.①小小说—小说集—中国—当代 Ⅳ.①I247.8

中国版本图书馆 CIP 数据核字（2014）第 181425 号

穿越汉朝的一件布衣

吕啸天　著

出 版 人：姚雪雪
组稿编辑：陈永林
责任编辑：陈永林
出　　版：百花洲文艺出版社
发行单位：全国新华书店
印　　刷：香河利华文化发展有限公司
开　　本：700mm ×960mm　1/16
印　　张：12
版　　次：2015 年 3 月第 1 版
印　　次：2018 年 12 月第 3 次印刷
字　　数：128 千字
书　　号：ISBN 978 -7 -5500 -1028 -4
定　　价：29.80 元

赣版权登字：05 -2015 -35

邮购联系：0791 -86895108
网址：http：//www.bhzwy.com

前　言

以“极短的篇幅包容极大的思想”，才能够以小胜大，经过读者的阅读，碰撞出思想的火花，震撼人的心灵。正因为这样，微型小说成为一种充满了幽默智慧、充满了空灵巧妙的独特文体。

如果说在二十一世纪的头一个十年，是互联网大大改变了我们的生活，那么在我们正在经历的第二个十年里，手机将更为巨大地改变我们的生活。如今，以智能手机为平台，正在构成一个巨大的阅读平台。一种新的阅读方式正不知不觉地走进大众的生活。一个新的名词就此产生，它便是“微阅读”。微阅读，是一种借短消息、网络和短文体生存的阅读方式。微阅读是阅读领域的快餐，口袋书、手机报、微博，都代表微阅读。等车时，习惯拿出手机看新闻；走路时，喜欢戴上耳机“听”小说；陪人逛街，看电子书打发等待的时间。如果有这些行为，那说明你已在不知不觉中成为“微阅读”的忠实执行者了。让我们对微型小说前景充满信心和期待的是，微型小说在微阅读的浪潮中担当着极为重要的“源头活水”。

肩负着繁荣中国微型小说创作、促进这一文体进一步健康发展的责任和使命，微型小说选刊杂志社推出了“微阅读1+1工程”系列丛书。这套书由一百个当代中国微型小说作家的个人自选集组成，是微型小说选刊杂志社的一项以“打造文体，推出作家，奉献精品”为目的的微型小说重点工程。相信这套书的出版，对于促进微型小说文体的进一步推广和传播，对于激励微型小说作家的创作热情，对于微型小说这一文体与新媒体的进一步结合，将有着极为重要的作用和意义。

编者

2014年9月

目　　录

创造奇迹

梅城的春天是一年四季中最美的季节，一树树山花竞相盛开，红的黄的紫的鲜花在绿树绿叶的掩映下显得绚丽多彩。最令人着迷的是梨花竞放，一树白色的梨花如雪一样盛开，细草如茵绿芽相衬，更显得素雅清新。那种纯美让人看了一眼就会镶嵌在脑海中经久不忘。

在梅城的望山村有一棵百年古梨树，每年梨花竞放花朵达到数以万计，美不胜收。古梨树的主人是一位姓林的代课老师，在山村的一所小学教四年级和五年级的语文。他为人特别的和善，更有意思的是他很善于因地制宜开展教学。每到古梨繁花盛开的时节，林老师就会带着一群孩子来到树底下，教学生们朗读与梨花有关的诗词。读南朝萧子显的《燕歌行》：“洛阳梨花落如雪，河边细草细如茵。”念杜甫的《阙题》：“三月雪连夜，未应伤物华。只缘春欲尽，留著伴梨花。”背陆游的《梨花》：“粉淡香清自一家，未容桃李占年华。”古梨树下留下许许多多热闹而温馨的场景。

这一年这样热闹的场景突然被中止了，那是因为这棵古梨树没有如期上演花团锦簇的场景，整棵树除了枝条叶子还是枝条叶子。也许是古树年岁已高，上演花团锦簇与年轻的梨树媲美已感到力不从心，于是淡出花季。也许是古树年年开花累了，想歇一歇。

百年古梨树没有开花，村里的人感到惊讶还有几分失望。最着急的是孩子们，他们是多么盼望林老师能带他们到树下赏花读诗。最伤心的是林老师九岁的儿子，他担心这棵古树是生病了才不会开花，不会开花的树离死亡怕也不远了。

只有林老师像什么事也没发生一样，照样带着孩子们来到古树下念书读诗。但是没有了鲜花，孩子们失去了兴致。再念那些与梨花有关的诗句的时候就显得很生硬。林老师脸带微笑像是安慰也像是鼓励大家："来年春来早，古树开新花。要相信古梨树一定会再开出洁白美丽的鲜花。"

孩子们将信将疑，等待了漫长的一年，春天又来了，孩子一有空就跑到古梨树下，期盼着古树开花。林老师的儿子也跟着孩子们跑了一趟又一趟。整棵树除了枝条叶子还是枝条叶子，古树又错过了花期没有开花。孩子们忧心忡忡回去了，林老师的儿子伤心难过抱着古树放声痛哭。

"明年，我一定会使这棵古梨树如期开花。"林老师拍着儿子的后背安慰。

"你骗人！你去年也说这树会开花，今年怎么没开?"林老师的儿子一把甩开搭在他背上的父亲的手。

林老师脸带微笑说："你要树开花，也要给树留些时间和余地。"

林老师的儿子气鼓鼓地说："若是明年这古树还不开花，我就不和你说话，也不叫你爸爸。"

林老师还是脸带微笑意味深长地说："要相信树和人都有创造奇迹的能力。"

第三年的春天到了，许多年轻的梨树已开了花，但是古树还是像前年去年一样静悄悄的，连花蕾也没见到，更谈不上开花了。林老师的儿子脸上阴得像能拧出水，见了父亲就狠狠地瞪上一眼。因为他明白，父亲说的保证将会变成现实的谎言。

周末的那一天的早上，林老师把孩子们与儿子一起带到古树下的时候，所有的孩子都惊呆了，古树开出了星星点点的梨花。

林老师的儿子惊喜地叫道："花开了，古树真的开花了！"那种从极度失望到突然拥有的惊喜令他高兴得又跳又唱又叫，他拉着林老师的手连声叫道："爸爸，你太伟大了。"林老师的儿子和孩子们度过了两年来最开心的一天。几天之后，当孩子们再去看古树的时候，才知道这古树上的梨花是林老师在山上采割了一些野梨花再绑在古树上的。

林老师的儿子被感动也被启发了，原来树和人是可以这样创造奇迹的。

我就是林老师的儿子。长大后我读书留在省城工作。去年春节我从省城回到望山村看望父亲，当然还有那棵古树。父亲和古树都显得更苍老了。父亲对我说："古梨树已有二十多年没有开花了，你能不能想办法让古树真正再开出洁白的花朵。?"

"父亲，我记得您当年对我说过，要相信树和人都有创造奇迹的能力。"我采用了给古树增加营养与嫁接的办法使古树在今年春天又开出了数以万朵计的鲜花。乡亲们对我给古树创造的奇迹奔走相告。需要补充说明的是当年因为喜爱梨花，我报读了农业大学。二十几年后的今天，我已成了园艺界赫赫有名的一名工程师。

村新人物

今年春节，我从珠三角的城里回到了粤东乡下梅丰村过年。村里变化很大，但过年的习俗还保留着，年三十晚上守岁，年初一去探望上了年纪的外祖母。年初二去看望中学时的老师。年初三到县城去泡了一回露天的温泉。然后和在乡镇属中学教书的同学吃了家乡闻名的新鲜水煮牛肉，喝掉了一瓶高度的客家糯米酒。同学喝高了抱怨说在乡下做老师收入太低，每月 3000 元不到的死工资，除去吃的喝的穿的，就是“月光族”，混得远不如马代跑、汤代看、朱代教这些人。这几个人脑子活络，运气也特别好，日子过得比在城里打工的乡亲要滋润得多。

马代跑

族谱记载，梅丰村是明万历十三年开村的。几百年来世居在这里的人一直靠耕田种地过日子。改革开放只过了二十多年，村里几乎没有几个人再在土里刨食的了，一百多户五百多人，跑出去打工的做生意的，还有读书跃出农门的，男的女的只要是年轻的就一拨拨的争先恐后的涌到了深圳、广州、佛山这些大一些的城市里，留守在村里的大部分是老的少的。年过四十身强体健的马代跑在这样一群留守的人群里就显得很特别。

马代跑真名马远奔，人如其名，黑，瘦，高，走起路来快得就像奔跑的马一样，身边刮过了一阵风，再回过头来，就不见了他的人影。马远奔有恋乡情结，还是毛头小伙子时就不愿意外出打工。他爹拿着一根木棒追着他打：“不外出打工，你就打一辈子光棍。”在梅丰村人的眼里，种地在土里刨食那是最没出息的，有本事的就要往城里跑，在城里做苦力也比在村里呆着强。不跑出去的男的想在邻村找个女人结婚那是痴人说梦。

十八年前，马远奔到深圳蛇口三洋电子厂打工。日做夜作苦干五年才拥有1000元的存款。马远奔苦笑说："这样的背井离乡的日子何时才是个头？"

他爸说："你娶了媳妇，咋过我都不管。"

马远奔就树立了一个新目标：打工是为了找媳妇，娶媳妇比打工重要。第六个年头，他回家过春节时带回了一个名叫香草的女人。是个川妹子，二十出头，长得很清秀。电子厂女工多男工少，马远奔利用这个优势很快把"生米煮成了熟饭"。成了家，马远奔就像在村里生了根一样，不再去打工了。他在村头榕树下开了一间小杂货店。香草守在店里卖东西，他负责到县城进货。日出而作，日落而息。晚上店铺关了门，他与香草就着浮油豆腐与猪肉丸，再喝上几两糯米酒，上床戏耍缠绵一番再美美睡上一觉，觉得这才像是人过的日子。

外出几年在城里开了眼界，马远奔活了心眼，开小杂货店就多了一条规矩：在他的店里"想买啥就有啥"。村西的桃花做豆腐，盐卤没有了，来店里买。香草有些无奈说："嫂子，店里从没进过这样的东西。"马远奔却说："放心，包里我身上。"推出摩托车朝县城赶去。一个时辰后，他把五斤盐卤送到了桃花的家里。

五斤盐卤五十元进的货，他每斤只多收了一元。但他这样来回跑一趟油费就要花费十元。桃花很感激，多塞给他五元钱作路费。马远奔却没收。

香草得知这样来回跑一趟要倒贴路费，心里有些醋意："不亲不戚，你这样帮桃花，是想吃她豆腐？还是她给你豆腐吃了？"

桃花长得很好看，她的男人两年前遭车祸死了，带着一个五岁的孩子守寡。这个坚强的女人靠做豆腐养猪来维持家里的生活。

马远奔没跟女人计较，而是说："要保证店里想买啥就有啥，只有一个办法，那就是跑。"

马远奔不辞劳苦在村里县城之间来回跑，赢得了村民的尊敬和喜爱，就送他一新的名字叫马代跑。

半年后新的生意门路来了。村里外出打工的人多，几乎三天两头就有人捎带东西。从深圳、广州运到县城车站。村里人接到电话就要去车站取。来回一趟要花上五六元的车费还要搭上半天功夫。干脆这样的事就让马代跑代劳，每帮忙代提一件东西给五元钱的报酬。还有村民要捎带东西给在深圳、广州打工做事的亲友，从村里送到县城车站也交给马代跑。几年做下来，马代跑的名气大了，钱也挣了不少。变化大着哩。他在村头起了一栋二层的楼房，二楼住人，一楼做铺面，卖杂货。还买了一辆二手的小四轮，用来送东西提货。春节在村里打工几年的大明回家看到眼前的一切，又是羡慕又是感慨说："马代跑脑子好用，挣的钱比我们这些外出打工的人多，日子也过得比我们滋润。"

有一天，桃花雇马代跑开车到县城买猪饲料，回来的时候天黑了又下起了雨。拉帆布盖饲料，路上担搁了很长时间，回到村里已是夜里十点。村里有多嘴多舌就说马代跑与桃花乘着黑夜把车停在了路边，钻进了一个旧房里。

香草已生了两个孩子，变胖了，心也变宽了，对这样的男女之事的造谣早变得不屑："还不是见我们家挣了钱盖楼房，眼红?"置之不理。

得到香草这样的信任，马代跑浑身充满了劲，跑得更勤了。

汤代看

梅城是山城，上个世纪九十年代初靠着深圳的结对帮扶办起了第一家工厂电声喇叭厂，生产音箱用的喇叭，再运到深圳指定的厂家，组装成音响。生产一个喇叭出厂价是一元钱，运到深圳就变成了三元钱。利润空间大，几年间梅城的喇叭厂遍地开花，办了数百家。喇叭的用途从最开始的音箱拓展到汽车、玩具等各种产品的配件，地点也从深圳延伸到珠海、广州、东莞、佛山等城市。

梅丰村的汤展原来买了一辆手扶拖拉机，帮村人运东西，风光了几年随着村人外出打工、种田种地的少之又少，找他运东西的人也越来越少。好日子眼看过到尽头，汤展抽烟锁紧眉头正在想主意的时候，他的表哥郭辉明找到他："把拖拉机当废铁卖了，给我当货车司机。"

郭辉明先在县里开了一家喇叭厂，为了拓展市场，又在广州开了一家喇叭贸易经销公司。在广州接了单让厂家生产，再一车车送过去。每个月给汤展开五百元的工资，这样的收入在当年等于是县委书记月平均工资。而且他不用去厂里上班，照样住在村里。送货靠电话联系。汤展很满足，干得很起劲。刮风下雨也坚持把货送到，这样他与表哥的合作关系变得很铁。二十年过去了，他从毛头小伙仔变成了两个孩子他爸的中年大叔还在做货车司机。唯一变化的是他的货车司机的身份渐渐被村人淡忘，取而代之的是"代看"，于是就有汤代看的外号。

大约是六年前，村里的翠花婶的孙子被接到广州上学去了。翠花婶的儿子在广州石牌开饭店，媳妇生了小孩，断奶后小孩就被接回来，一直是翠花婶在照看。孙子被接走后，她就像断了魂一样吃睡不宁。有心去看望，一来路上花费不少，更主要的是她与媳妇合不来。想了几天几夜，找到汤代看，让他送完货帮忙去看望一下孙子，看他有没有长高一些，有没有想奶奶。

"翠花婶，你打个电话跟孙子一说啥都清楚了，何必还要专门跑?"汤代看觉得翠花婶的想法有些可笑。

"耳听是虚，眼见为实。"翠花婶一本正经地说，并从贴身的衣服里翻出十元钱递给汤代看说，"这点钱当脚钱。"

"都是乡里乡亲的，这钱我怎能收?"汤代看说，"你不把钱收回去，我就不答应你。"

汤代看送了货七弯八拐一路打听找到了翠花婶的孙子。还让孩子用铅笔写了"奶奶我想您"这几个字作为信物带回来。翠花婶接到了孙子的纸条，又感动又难过，哭了一场。

半个月后，她又找到汤代看，把一包炒好的花生交到他手里，让他代她去看孙子并把十元钱递到了汤代看的手上无论如何要他收下。汤代看也不再推辞，顺手把钱装进了口袋。

过了几天，村长也来找汤代看，把一包鱼干递过他，要他帮忙去看望在广州天河工作多年未回过家的表舅。末了塞给他二十元钱，汤代看也不推辞对村长说："村长，按城里人的说法，你这叫购买服务。"

很快，村里人有这样的事都交给汤代看去办。邻村一些村民也来请他帮忙。时间一长，汤代看看到其中的商机，干脆制作了一个价目表，按线路长远费时长短进行收费，少则十元二十元，多则八十、一百元。

表哥的生意做大了，给他开的工资从当初的五百元翻到了三千元。每个月汤代看可以做成十多笔代表看生意，净挣两千。在乡下这样的收入日子过得可滋润了。

烦恼的事也有。有一天，在县城打理工厂的表嫂赛给汤代看二百元钱，让他送完货晚上悄悄回去帮她代看表哥郭辉明是不是在广州养了野女人。最近几个月，表哥很少回家，回了家不但没有久别胜新婚的表现，而且连亲昵的动作也省了。

汤代看摸黑去了表哥在广州的家门口，守到夜里九点多果然见到表哥郭辉明搂着一个花枝招展的年轻女人回来。表哥身上的酒气很呛人，女人那发嗲的声音很刺耳。汤代看那一刻就像遭了雷击一样愣住了。他的内心翻江倒海：把这事告诉表嫂，表嫂闹起来，一个好端端的家就散了。装聋作哑，任表哥这样胡混下去，他的家业也迟早会败光。想了半夜，抽完了身上的半包烟，汤代看狠了心拿起了

手机打了110，报了表哥在广州的家庭住址，说有人嫖娼卖淫。

从派出所出来之后，表哥郭辉明收敛了，当下就把那女人打发走。周末内心愧疚的他回了家，给妻子买了很多礼物。表嫂很感谢汤代看的帮忙，暗中塞给他一个红包。汤代看回按家打开一看竟是八百大元。他在服务范围里又增加了一项：代看成家外出的男人，增进家庭安定与幸福。

朱代教

梅丰村地处兴梅客家地区，耕读传家流传了数百年。清朝的时候，村里还有人中过举人。淳朴的村人崇尚读书。家里再穷也要勒紧裤带供子女读书。

这几年村里的景况发生了很大的变化。外出打工做生意的村民很多。在外面扎稳了脚跟，做生意挣了钱，买了房的，纷纷把子女带了出去，

在城里读书。一来了却父母与子女团聚的心愿，二者城里的教育水平比山村高。设在村委会北角的梅丰小学原来有三百名学生。几年下来走剩不到一百人，属于典型的麻雀学校。按上级教改的方案，麻雀学校要进行合并。梅丰小学就被并到了十里外的山北小学。

合并之后学校的规模是大了，但问题也来了，每天很多孩子要走十里路去上学。孩子天没亮就要起床，家长还要去送，真是苦了家长也苦了孩子。村里有几个孩子父母外出打工，留守在家的爷爷奶奶年纪大了走不动，没人接送，学上不成了，成了没书读的孩子。

朱代教在这节骨眼上从深圳回到了梅丰村。朱代教原名朱一山，在嘉应大学念完书就到深圳一家外来工子弟学校教了三年语文。前不久遭遇了一场车祸，腿受了伤，治了半年看似好了走起路来还是有些瘸。原来小鸟依人一样的女朋友说了一声拜拜就不见了人影。真是旧伤未愈又添心伤。一气之下，他辞了职回到了乡下疗伤。

休息没两天，村长就找了他："那几个孩子没书念，可不行啊。你好歹念了大学，要为村里出力。先教他们念书。"于是在把村祠堂打扫一番，摆上课桌，把一面墙涂成黑板，一个临时的课堂就算布置好了。闲着也是闲着，朱一山来了劲头，每天用心教那五个孩子。朱代教用毛笔写了一幅对联：耕读传家传千载，

崇文守持守万年，挂在祠堂里

村长从村办公经费里每月挪出三百元作为朱一山的酬劳。有些村民时不时送一把青菜给他。村祠堂里书声琅琅，村民就感叹：没想到几十年过去，村里又办起了私塾。村民就把朱代教的外号送给他。放寒假前他和村长一道跑到山北小学，又跑到镇教育局，一番游说争取，把那五名学生纳入山北小学的学籍。参加了学校期末的统一考试，五名学生有两名各科考到100分，被评为三好学生、学习标兵。朱代教的名气一下大了起来。

过年的时候，在广州开饭店的丽香带着九岁的儿子伟明回村过年。慕名找到朱代教帮她代教儿子，每个月给他二千元的报酬。丽香与丈夫在广州开了一家客家菜馆，生意很火爆。不争气的丈夫却暗中与一位服务员不清不楚。两夫妇不和睦，儿子就没心思管，读了三年级，期末考

没有一科及格。多一个不多少一个不少，朱代教二话不说就把这事接了。一开始，伟明处处与朱代教作对。朱代教拿出耐心，得知伟明喜欢玩电脑，就从电脑有关的科学、趣事讲起。一段时间之后，伟明跟他无话不说，读书也越来越用功。暑假，丽香来接孩子，看到家庭报告书上语文95，数学98的成绩，惊喜不已，连忙从包里拿出五千元，说是给朱代教的感谢费。朱代教婉拒了说："孩子考得这么好，就是给我最好的礼物。"丽香看朱代教的眼里就多了内容。

整个假期，在广州的伟明时不时给朱代教打电话："朱老师，我想你了。"丽香也接过电话顺口说："朱老师，我和孩子一样也想你。"朱代教的心里就多了内容。

又到了新一年的春节，丽香提早回家找到朱代教开门见山就说："我半年前已离了婚。通过孩子与你的接触了解，觉得你重义不贪财，有才华。若你不嫌弃我年纪比你大又有孩子，我想跟你结婚组成一个新的家。"

朱代教瘸了腿算是一个残疾人，有丽香这样家底厚实而且也算漂亮的女人向他主动示爱，自然是求之不得。第二天就去镇里打了结婚证。村里人都羡慕地说，朱代教好心有好报，一眨目娶了一个年轻貌美的富婆，妻子、儿子、票子、车子全有了，日子过得特别的舒心。

但是出乎村人里意料的是，过完年，丽香去广州做生意。朱代教没有跟去，依然留在村里教那些孩子读书。丽香对朱代教的选择很是欢喜说："我没看错你。"丽香每隔十天半月就开车回家与他小聚一番，那情景特别的温馨。

一根鱼刺

山狼县县长老季不抽烟，不喜喝酒，独嗜吃鱼。方圆百余里，做鱼宴出名的酒店饭店，他都会赶去品尝。但是，每次吃鱼，只吃一条鱼，而且还一定坚持自掏腰包。熟悉他的人就尊称他为季一鱼。

一个下着毛毛雨的下午，老季到县最边远的一个乡考察扶贫工作后回城的路上，司机小孟说途经的青河乡新开了一间做鱼出名的青河饭店。老季来了兴趣说，去尝尝。

小孟乐颠颠地将车开进了青河乡政府。乡长老禾接到小孟的电话后早就等在那里。碰头后，几个人来到了青河饭店。

青河饭店的招牌菜是青河鲤鱼宴。青河乡是一个山乡，树林密布，水秀山绿，空气清新。乡里有一个远近闻名的青河水库，水库里放养了不少鱼，其中鲤鱼以肉鲜味美而闻名。青河饭店的鱼宴就是取自青河水库的青河鲤鱼烹制的。

青河饭店老板姓招，捕鱼出身，以鱼为业多年，练就了一手烹制鱼宴的绝招。他既是老板，又是店里的大厨，顾客就送了一个“鱼一招”的外号给他。

几个人落座，老禾来到厨房点了一条8斤重的新捕捞上来的鲤鱼。鱼一招把这条鱼做成了四道菜：鱼头加山橄榄清蒸，鱼肉部分红烧，部分和香菇木耳等配料制作成鱼丸，鱼骨架和野菜炖汤。

鱼鲜厨艺精，菜一道道上来，老季吃得赞不绝口，连称这是几年来吃得最香的一顿鱼宴。最后一道菜是鱼骨架汤。服务员先给老季盛了一碗，再给其他人盛。老季很随意地拿起汤匙盛了一匙送进嘴里，咽下去，再啧啧舌说：“鲜美无比！”

老季盛第二匙时，放在桌上的手机响了，是他老婆打来的，问他回不回去吃饭。简单通话后，老季将手机放回桌上，将汤送进嘴里。

许是刚通过电话，思维没那么集中，许是第一口汤太鲜美了，老季没作多想就将汤往肚里咽。刚咽到喉咙时，老季啊了一声，他的喉咙被一根鱼刺卡住了！

众人大惊失色。有过被鱼刺卡喉经历的人纷纷献策：喝醋！咽饭团！吃韭菜……

各种办法用过，鱼刺仍卡在喉咙里。老季感到不舒服，猛咳了几下，吐出一些口水。众人惊呼：有血！季县长的喉咙出血了！

老季被立即送往县医院治疗。临走，小孟气急败坏大骂老禾和鱼一招：真是蠢才！

县医院对这类小病治疗了无数例，两名经验丰富的医生给老季做了一个简单的手术，很快就将鱼刺取了出来。小孟再送老季回家休息。来到家门口，老季猛然记起说："走得太急，还没付饭钱。听老禾说是120元！"老季从钱包里拿出钱对小孟说，"明天，你抽个时间给人家送去。"

还给人家钱？小孟在心头气汹汹地说，没让那个该死的鱼一招付药费就便宜他了。但是，他见老季一脸郑重，不敢多说，转而对老季说："隔天，顺路去的时候再给他，您看行吗？"

老季想，也好。

一个星期后，省财政厅卢副厅长前来山狼县检查年度财政工作。卢副厅长亦喜吃鱼。老季就让小孟开车再次来到青河饭店吃鱼宴。

小孟将车开进了乡政府，但没找到老禾，打他的手机也关机。细问才知道，老禾已辞去了乡长职务外出打工去了。原来，老禾见捅了这么大的一个马蜂窝，自觉仕途无望，而是，趁早另谋出路。

老季哭笑不得。

小孟没当回事说："我们自个去！"

来到青河饭店，几个人又被眼前的情景吓了一跳，诺大的饭店空无一人，里面值钱的东西能搬走的全搬走了，剩下的破桌椅烂竹筐废纸片弄得满地一片狼籍。

小孟拦住一位村民，有些气急败坏地问："这间饭店是不是搬走了？"

村民说是搬走了，但搬到什么地方去了，他也不知道。那天晚上，鱼一招见弄出了这么大的一件事，知道后患无穷，于是连夜搬走了。

老季摸着被鱼刺卡住过的喉咙，想说什么，但又一句话也说不出来。呆了片刻，他将那120元钱递给那位村民说："这是我欠老招的饭钱，请你设法将这些钱交给他。"

老季想了想又说："请你把他找回来，山狼县要发展，不能少了这种人。"

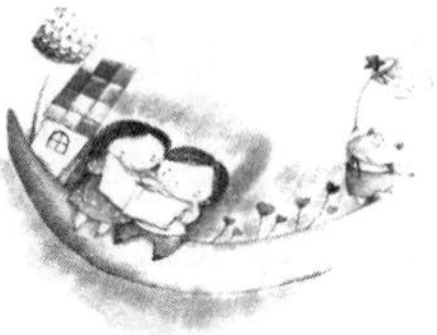

市长爱吃面

南方的冬天有时也出奇的冷。市政府召开扶贫工作会议结束时已是正午 12 时，三位路远赶不回去吃午饭的镇长抖着冻得有些发僵的双脚嚷着要市长李民起请吃狗肉。

李市长爽朗一笑说："行，就当是吃一顿工作误餐，但不是吃狗肉，去吃面。"

"吃面?"三位镇长对望了一眼说，"是老字号，很出名的?"

李市长却卖了一个关子说："新开的，那里的老火汤羊肉面、牛肉面做得很筋道，我吃过两回了，越吃越想吃。"

市长的司机轻车熟路把几个人送到了城区朝阳街朝阳面馆。面馆不大只有五张台，客人也少，只有三位。见多识广的镇长心中起疑：这样的面馆肯定是徒有虚名。

面馆的主人叫老朝，是位四十出头男人，人显得老实本份。见到李市长带着一批客人前来，老朝有些惊慌，不安地搓着手："市长，您来了?"

李市长却一笑说："你不用招呼我，去厨房拿出你的看家本领，这三位镇长嘴刁得很。"

也许是太饿了，也许是不想扫市长的兴，当五碗热气腾腾的面条端上来时，见汤是煮全羊的，浓稠味鲜，几个人吃得直咋舌，说做得不错。

吃完，李市长掏出了 50 元付面款。老朝推让着不肯收收。李市长说："不收不行，市长吃东西不付钱那不是等于吃霸王餐?"

隔了两天，市政府召开经济工作会议，结束后，市最大的龙光企业集团公司总经理老潘说要请李市长吃顿饭。

李市长爽朗一笑说："好啊，去吃面。"

"去吃面？"老潘惊愕地说，"我在这里办公司已有三年了，请李市长吃饭，每请一次被拒绝一次。这次你好不容易答应了，不到五星级的云海大酒店就不能表达我的诚意。而且云海大酒店也有公司的股份，吃完还要请市长题字呢。"

"免了，你的心意我领了。"李市长还是爽朗一笑说，"时下我就爱吃面。"

市长的司机轻车熟路把几个人送到了城区朝阳街朝阳面馆。三大海碗老汤牛肉面吃完，老潘结账听说只要 30 元，很不安地说："这是我用最少的钱请最有来头的人吃的一顿饭。"

李市长说："虽说钱不多，我却吃得很饱。"

接下来，凡是有人要请李市长吃饭，他都说去吃面。有时，没有请他，他就和司机一起去吃。李市长的车牌号码尾数是 002，有很多人知道。他的车停在面馆旁边成为面馆一景。也引来很多猜测。有人说，市长常来朝阳面馆吃面，看来这家面馆做的面条不错，于是，有不少顾客慕名而来。渐渐的，知道朝阳面馆的市民越来越多，朝阳面馆的生意有了很大的起色。有时，李市长来吃面见到面馆坐满了人，他会心一笑悄悄跟在吃面的人后面一起排队。

这一天傍晚，车牌号码尾数 002 的车子像往常一样停在面馆门口。不久有三名身穿制服的男人闯了进来。三人一进来就问："哪一位是李民起同志？"

"李市长今天没有来！"李民起的司机站起来问，"有什么事吗？"

三个男子一脸严肃地说："我们是省纪委的。最近有群众反映说李民起市长利用职务为开面馆的亲戚做活广告谋私利。经初步证实这两个多月来，李市长的车子停放在面馆门前有 30 次，在群众中造成了不良的影响。"

李民起的司机很着急地说："误会了！"

李民起来吃面确实是因为老朝开了这家面馆。老朝原是一家大厂的工人，后来工厂改制，他成了下岗工人。老朝的妻子在街道做环卫工人，一个月只有 1000 多元。用这笔钱养家，家里有一个上中学的儿子和一位常年卧病的母亲，日子过不下去。老朝一家成为扶贫对象。老朝不愿成为政府的包袱，他利用市里给他的扶贫贷款和借了几千元开了这家面馆。老朝早年在一家有名的面馆做过学徒。

面馆吸引顾客很多时候靠的是老字号老招牌，朝阳面馆既是新开的，地头又偏了一点，开了一个月光顾的人奇少，连店铺租金都没挣到，老朝的心凉透了。在一个市长接待日，他来找市长，请求帮忙把面馆转让出去，要不再这样下去，最后面馆会亏到一文不剩，到那时扶贫贷款他也无法还了。

“放心，没有人去吃，我去吃。”李市长爽朗一笑说，:“我还会带上我的朋友来吃。市长带头吃面，来吃的人自然会多一些，面馆会旺起来的。”

老朝半信半疑走了。他只当市长是在找话安慰他。没想到，李市长还真记住了这事，一回回来吃面，果真把面馆的生意带旺了。

李民起的司机有些难过地说：“李市长是南方人，他是不爱吃面条的，为了老朝叔的面馆他吃了。连日来，李市长忙着筹集扶贫资金的事累病住进了医院，他还记挂着老朝叔的面馆，今晚，他住院后就要我把车开来这里作招牌。”

“李市长心里有咱!”下岗以来日子过得再难从没掉过眼泪的老朝这一回竟哭了起来。

三位省纪委干部闻言也陷入了沉思。

无　助

三炮从乡下来到城里，很长一段时间找不到活干，愁得他比热锅上的蚂蚁还急。就在他将被城市一脚踹出去的时候，开修单车铺的老乡四旺替他出主意：到工业区卖早点，那里民工多。

三炮在乡下曾开过小饮食店，对蒸包子发馒头有一套。第一日，三炮发了两斤面粉，蒸了两笼生肉包，全卖出去，挣了三十元钱。第二日，发了三斤面粉，三炮挣了五十元。

三炮靠卖早点在城里站稳了脚跟。三炮将老婆菜花和儿子细烧接进了城里。老婆为他打下手，儿子在城里小学附读。

三炮这几个动作唬得乡下的亲戚与村里人睁圆了眼：三炮就是三炮，还是有他的办法，进城没多久，就将老婆孩子接进城里享福。

村里人羡慕三炮，三炮却无法得意，他内心其实很虚：自己搞的是无牌无证照的飞机档，是典型的“三无”生意。有好几次，在工业区卖早点时，他被大盖帽撵得像晕了头的兔子一样逃跑。三炮觉得自己很无助，城市能一脚将他踹出去。

三炮回村里接老婆孩子时，他的心虚被他父亲老炮洞察了。“在城里混，得有人护着！”老炮曾在城里呆过一段时间，熟悉城市生存游戏。老炮叫儿子一安顿下来就去找大权，买些东西，登门拜候，活络一下感情。

大权是三炮的一个远房表哥。七八年前，大权就进城闯荡。他先是跑到一间汽水厂做搬运工，混了一段时间后，去学开车，再后来成了体育局一位领导的司机。几年前，大权回了一趟乡下，是开着领导的车回去的。衣着光鲜的大权给村里人的感觉是很吃得开，很有能耐。

三炮认为父亲的说法很有道理。返城后，他抽了一个晚上，带着老婆儿子去了大权家。三炮买了200多元水果，还买了一条“三五”烟，一瓶“剑南春”酒，一共花掉了将近800多元。菜花见这样花费比割她身上的肉还心痛。她说只买水果，不买其它东西。三炮也心痛，但他还是很凶地骂菜花头发长见识短，不买多些东西，送了礼也等于没送。

菜花嘟哝了一句：“那是花你自己的钱。你一天顶多挣个三五十元，还累得像牛一样！”

大权已结婚，生了一个女儿，住着两房两厅的居室，布置得不错。大权对三炮一家来访不冷不热。闲聊了一会，局长来电话要用车。

大权对三炮说：“以后有空常来！”临别时，大权将家里和单位的电话号码写给三炮又说了一句有什么事需要帮忙的，打声招呼。

三炮心里被说得热呼呼的。他觉得大权为人不错，不像小人得志。觉得很无助的三炮自重新结识大权后，心里踏实多了。好几次，他摆摊被大盖帽撵的时候，他就想，万一被逮住了，就找大权出面疏通。大权成了三炮的精神支柱。

春节过后不久，菜花的一个表妹来到城里，想找一份工作。菜花带表妹在城里转了几个圈，工作的事连个影儿也没有。

菜花很疲惫，表妹很沮丧，菜花说：这事需大权哥出面。

“不行！”三炮说，“这样的小事不能去找他。芝麻大的事也去找他，搞到他烦，真有什么事再找他，他就不会尽心尽力帮你了！”

三炮用电动自行车驮着菜花的表妹去找老乡四旺。四旺说有间服装厂说要招人，他去联系一下。四旺又说，去年大权的一个表妹来找他帮忙找工作。

三炮闻言头嗡一下，很着急说：“大权哥很有门路，怎会找你帮忙？”

四旺说：“他有没有门路我不知道，反正，他表妹最终是由我介绍进一间电子厂的。”

三炮驮着表妹返回住地，一路上，他精神恍惚。走到半途，三炮被两名警察拦住了，是查电动自行车证照的。三炮骑的电动自行车是从旧货市场买的，只有发票，没有执照。警察说发票不顶用，先扣车。若查出车是失窃的，再追究三炮的责任。警察还抄下三炮的身份证号码。

三炮觉得这事处理不好麻烦就大了。三炮认为此事非大权出面疏通不可。三炮急急来到公用电话亭里给大权的单位打电话。

“找大权?”接电话的态度很粗暴地说,“他一星期前被解雇了!”

三炮呆若木鸡。他有一种想哭却又哭不出来的难受。无助的惶恐像巨浪一样向他猛扑过来……

赔　偿

张二三是来到南方的这个小镇上过年后，失去一根手指的。

春节过后，张二三随父母来到了南方的这个小镇找工作。张二三的父亲张十求和母亲白菜在南方的这个小镇上已打工多年。

大年初八，张十求和与妻子白菜上班去了。张二三起床吃了母亲白菜热在煤炉上的两只粽子后，一个人走出出租屋，见到不远处一家模具厂的门口贴出招工启事，引来了十多个人在观看。厂长是一个长着满口黄牙的胖子，工人就叫他黄胖。南方正闹民工荒，见到张二三这样的年青人前来应聘，就丢过一张表格对张二三粗声粗气说：“识不识字？识字，就自个填，不识字，就叫厂里的伙计帮你填一填。”

“做一个月给多少钱？”张二三用稚气未脱的口气问。

黄胖吐了一口浓烟说：“每个月人工1500元，包吃包住，干得好，年底还派利是。”

张二二心头一热，这样的工资比他母亲白菜做了几年的熟手工的的收入还多一些。他没有多想就填表了。黄胖把交回来的表看也不看一眼就一把塞进抽屉里，对张二三说：“你今天就上班。”

没想到半个小时后，张二三的手指被机器砸了，他失去了一支手指。动手术几乎花光了张十求夫妇打工多年的积蓄。

张十求去找黄胖索赔。黄胖气势汹汹恶道：“给钱？做你的卵梦吧！你儿子上班没有一个钟就出事，给厂里带来晦气，没让你赔钱就便宜了你，还想来说给你钱？给你个球！”

张十求没跟黄胖闹。一位老乡指点他去找法律援助。法律援助中心指派市里年轻而富有经验的律师成功代理。当天成功就向法院递交诉状，起诉状要模具厂赔张二三各种损失 80 万元。

法院一审模具厂赔张二三各种损失 10 万元。张十求还没高兴过来，就听到了一个晴天霹雳般的坏消息：黄胖把模具厂以 300 万的价钱卖掉了，现在的老板是个外地人。黄胖卖了厂就像在地球上消失了一样，不见了人影。

张十求有些绝望。他想了很多，他没敢把黄胖金蝉脱壳的事告诉妻子儿子，他担心白菜得知真相，不自杀，也有可能疯掉。

又过了些日子，因为打官司张十求与妻子丢掉了工作。想到儿子失去了手指，眼下看来索赔无望，夫妻两人没钱没工作，眼看着全家餐餐喝稀饭都成问题。一家人又将被城市一脚踹出去。张十求真的绝望了，他买了一些老鼠药，准备找个时机放到汤里，一家人喝了一了百了。

就在这个时候，成功却把 10 万元赔偿款交到张十求的手上。原来成功一直没有放弃，他派出助手调查得知黄胖卖厂后又在五十里外的一个镇上开了一家模具厂，狡猾的黄胖为了逃避赔偿，把法人写成了厂里的一名工人。成功想尽办法找到了工厂工人的证言，证实黄胖就是模具厂的老板。黄胖无法抵赖，只好赔偿。

张十求激动得放声痛哭，一下子跪在了成功的面前连声说："大恩人，你救了我们一家。"

成功连忙把张十求扶起来，意味深长说："不是我，是法律救了你们一家。"

一巴掌的事

那天，天好像要下雨，但又没有下。下班前十分钟，车间主管车管管见到生产工人莫非民在写有不准接听电话的“生产守则”牌子底下“煲电话粥”。面对如此的挑衅行为，车管管心头徒生无名火，他冲过去一把夺过莫非民的手机，把信号掐了，恶狠狠地骂道：“你脑子入水了，还是干腻了想吃炒鱿鱼？”

电话是莫非民的女朋友打来的，约他下班后一起去看电影。莫非民一高兴，忘了车间的规矩，就把电话打到了禁止打电话的牌子下。车管管粗暴地强行掐断了他的手机电话就像掐断了他的幸福与希望一样，使他本来很美好的心情受到了强烈的破坏。面对车管管的斥骂，莫非民以牙还牙：“你在车间打的电话还少吗？光这个月，我见到你在那块牌子底下打了五次电话，你有什么资格说我？”

车管管怒道：“你算什么东西？我是主管，你是工人，你能跟我比吗？”

“嗤！主管？”莫非民不屑地说，“比芝麻大一点的官，算什么东西？你有本事现在就把我开了？”

面对如此近乎张狂的挑衅，车管管血冲脑门失控地冲上去，用力打了莫非民一耳光。

莫非民大怒，想还手打车管管。车间的另外几名工人冲过来，把他死死地抓住，才没有导致事态的进一步恶化。冷静下来后，莫非民拿出手机报警：“我被人打了，警察管不管？”

巡警来到了现场，弄清了缘由有些生气批评莫非民：“这一巴掌的事是多大的事？为这点小事你就报警，这是严重浪费警力的行为。对你这种不严肃的做法提出口头批评。”

“这不是一巴掌的事。”莫非民带着哭腔说，“这是工厂车间主管伤害工人的行为?!”

“别胡缠蛮搅。”巡警说，“这是工厂内部的事，你找厂里解决。”

莫非民就去找厂长：“我进厂几年，没日没夜的为厂里卖命，就因为我接了一个电话就遭到了车间主管的暴打，这事厂里不给说法，我会去上访会告到法院。”

厂长给莫非民倒了一杯水，劝道：“一巴掌的事，说大不大，说小也不小。车管管打人是不对的，处理问题的方式方法太粗暴简单了。当然话说回来，你也要承认，上班时间违反厂规打手机是不对的。这事闹到外面也给人笑话。你先说说，怎样处理你才觉得满意了。”

“把车管管撤职、开除。”莫非民气鼓鼓地说。

厂长说：“是不是把他撤职、开除，厂里开了会再定。”

两天后厂里出了处理意见：车管管身为主管处理问题方式方不当，向莫非民公开赔礼道歉，扣除半个月的奖金350元。莫非民上班时间违反厂规打手机罚款20元。接着车管管贴出了公开道歉信。

莫非民对这样的处理很是不满，去找厂长：“我被人打了，厂里还罚我的钱，这是啥道理?”

厂长变了脸色：“任何事都要依法依规来办。你不要想当然。”

莫非民就去找镇工会投诉：“我被人打了，厂里还罚我的钱，这是啥道理。”

工会的人弄清了事情的来龙去脉，劝他：“厂里这样做没错。”

“现在到处闹民工荒，你不帮工人说话，还帮厂里?”莫非民怒冲冲地说，“你们工会不帮我，我找法院，要车管管赔偿我的精神损失费?!”

莫非民就去找为公律师事务所。林法维律师劝他：“你挨了一巴掌，身体健康也没受到多大伤害。当事人也向你赔礼道歉了，没必要再把这事闹到法院。即使起诉到法院，法院经审理也不会判他赔偿你什么，因为你身体没有受伤，也没有遭受其他损失，结果也将是驳回你的诉讼请求，因为他已向你公开赔礼道歉，不会再判他赔礼道歉。”

“怎么找个说理的地方也这么难？我这一巴掌白挨了？这口气怎么

咽下？”

林律师答道：“他已经受到厂里的处罚，并且已公开向你道歉，这已经是他承担法律责任的方式。法院不可能判你再还击他一巴掌来解气。我国的法律早已废除同态复仇的规定。”

莫非民心里还是不服，就到市有关部门去上访。反馈意见也是劝他别钻牛角尖。莫非民隔三差五就请假去上访，成了厂里的一块心病。厂长想了许久想出了一办法，他叫厂医去找莫非民，说从他近期的反常来看，怀疑他患有精神病。厂里准备出钱通知他的亲戚把他送到精神病院去鉴定和治疗。

莫非民吓得连忙辞工离开了工厂。

鞋匠的诉讼

为公律师事务所大门外，有两棵老槐树，枝繁叶茂，像一把撑开的巨伞。“伞”下有一个鞋摊，修鞋的是一个年过四旬的半老头，他身材瘦小，背有些驼，人称刘驼子。

“在我的当事人当中，我最佩服和尊敬的人就是刘驼子刘师傅！”为公律师事务所主任林法维一次这样说，两次这样说。我不明白，刘驼子的哪些地方值得他钦佩的。有一次，我专门去主任室问个明白。

林法维笑了笑，竟意味深长地说：“你自己去问刘师傅吧！”

我挑了一个休息日，专程去向刘驼子请教。我来到鞋摊时，有个女孩正坐在鞋摊的小椅子，刘驼子正在给她擦鞋。

女孩约二十岁左右，描眉画眼影，嘴唇涂得腥红。更惹眼的是她穿一袭超短裙，丰满的胸脯和雪白的大腿一览无遗。她身上那种野性之美，摄人心魂。我敢肯定像我这种二十来岁血气方刚的男人见了这种美女没有不心猿意马的。

但是，近在咫尺的刘驼子没有看到女孩的美，因为，他不看她的脸和她惹火的性感身材，他只看她的鞋子！他在一丝不苟地忙活着：去尘，上油，抹擦，他有一种笃定，就是不属于自己业务范围的则决不理睬！

难道这就是林法维所推崇的地方？我想是，也可能不全是。女孩走后，我过去跟他搭话。

一提为公律师事务所，刘驼子激动得连声说：“林法维律师帮了我的大忙，我真该好好感谢他。”

三个月前的一天中午，马路边上行人稀少，刚刚吃过午饭的刘驼子取出了一个布袋，里面装着他修鞋半年以来的血汗钱5800元，他准备寄回乡下，家里有了建房子的计划，要先攒着。这个时候，来了一个中年男人，男人很胖，他刚才喝了酒喝高了，并且呕吐了，把一双老人头的皮鞋弄得面目全非。胖男人从身上掏出10元钱丢在了刘驼子的脚边，喝道："老头，把我的鞋子搞干净。"

"对不起，师傅，你这样的鞋应拿回家去清洗。"刘驼子把地上的10元钱捡了回来，交到了胖男人的手上。

"他妈的，给钱让你干竟然还推三推四。"胖男人再次把钱丢在地上，骂道"老子是大老板，你这个臭擦鞋别给脸不要脸，小心我砸了你的摊子。"

刘驼子再次把钱捡起来塞到胖男人的手上说："师傅，每行有行规，你这样的鞋不在我的服务之列。"

胖男人怒骂一声，抬起脚把修鞋箱踩烂，再把修鞋的工具丢在了马路上。路人报了警。民警来了，弄清胖男人是大发公司总经理金大发。金大发把100元丢下，说是赔偿。

"我不要你的钱。"刘驼子说："你要向我赔礼道歉。"

"做你的大头梦。"金大发扬长而去。

刘驼子拿着修鞋半年以来的血汗钱5800元走进了为公律师事务所，对林法维说："我不要金钱赔偿，我只要求他向我赔礼道歉。"

"这对你很重要吗?"林法维问。

刘驼子一本正经地说："虽说我只是一个修鞋的，但是我也要像一个正常人一样活得有人样。"

林法维以"给鞋匠以活着的尊严"为由向法院提起乱诉讼。

一个半月后，法院当庭判决金大发向刘驼子赔礼道歉。林法维想减免刘驼子的律师费。但是刘驼子却坚持全额交了律师费。

宋三求见市长

三月二日那天早上，退休教师宋三迈着轻快的步子走进了市府大院。

门卫黄六带着高度警惕拦住了宋三，用看坏人的眼光瞄了宋三一眼，冷冷地问："哪个部门的？找谁？"

"没有单位！"宋三一脸平静地说："我想见见市长！"

"找市长？"黄六用复杂的眼光再瞄了宋三一眼说，"有预约？"

"预约？"宋三有些惊讶地说："我又没有市长的办公电话，怎么能跟他预约？"

黄六黑着脸说："你回吧，没有预约不能让你上去！"

宋三想坚持一下他进去的理由，见黄六黑着一张脸，便摇了摇头走了。

四月二日那天下午，宋三迈着沉沉的步子走进了市府大院。

门卫黄六从专达室里冲了出来，拦住了宋三的去路，用不太友好的口气问："又想求见市长？"

宋三点了点头说，问："市长在那一幢楼办公？"

黄六没有回答宋三，问："有没有预约？"

"没有预约！"宋三说。

黄六听了就有些生气，"上次不是跟你说了，没有预约不能放你上去，这是规矩，你懂吗？回吧！"

宋三没有办法，只好叹息一声，走了出去。

五月二日那天傍晚，宋迈着沉重的步子走进了市府大院。

门卫黄六从传播达室冲了出来，拦在宋三的面前，问："又来找市长，约好了吧？"

宋三摇了摇头说："没有预约！"

黄六很生气说："你这人都一把年纪了，有病是吧？跟你说了多少次没有预约，不能放你进去。你明知我不会放你进去，还来，是没事找碴是吧？"

宋三却摇了一下头说："见一下市长，咋就这么难？"

黄六见宋三被他说了一通没有生气，心里有些佩服宋三的修养，他叹了一声，又有些同情地问宋三："你三番五次来找市长，是碰到冤案上访来了？"

宋三摇头，

黄六又问："退休金没有领到？"

宋继续摇头。

黄六又问："给市长提建议来？退休的老同志有不少爱给领导提建议！"

宋三还是摇头。

黄六急了，问："你找市长，没有事！"

宋六点头。

"你……你不是有病吧？"黄六说，"没事，没事你老找市长干嘛？回去吧！没事闲着找义工联，让义工联给你安排点活！"

宋三没有理会黄六的抢白也没有回去，他来到门口，坐在一棵树下。下班时间到了，他想看看能不能等到市长出来。市长几乎每天都会在电视上露面，宋三知道市长的模样。

见宋三这样执着来找市长，黄六明白宋三没跟他说实话。宋三一定碰到了很棘手的事，找了不少部门也没有解决好的问题。因此非找市长不可。

天摸黑了，黄六从传达室出来，对宋三说："你回吧！你这样等不到市长的，他已经走了。"

"走了？"宋三起身拍了拍屁股后面的尘土，疑惑地问："我怎么没看到他出来？"

"他是坐车走的。"黄六说："市长的专车牌尾数是02，你没看见吗？"

宋三挪着沉沉的步子，长叹一声而去。

六月二日那天早上，宋三走进了市府大院。

门卫黄六拦住了宋三的去路问："还来找市长，有没有预好？"

"没有！"宋三一笑说："今天不用预约，市长一定会见我？"

黄六瞄了宋三一眼说："为什么？有其他领导给你打了招呼递了条子！"

宋三又一笑说："今天是市长接待日！"

黄六心中突然浮上了强烈的好奇，他让一位同事帮他守住大门，他尾随宋三走进市长办公室，他想彻底了解宋三找市长倒底想解决什么问题。

宋三进了办公室，紧紧地握住了市长的手，长吁了一口气说："终于见到市长了。为了找你，我来了四趟！"

市长表情沉重说："说吧，碰到了什么困难？"

宋三说："我没碰到困难！"

市长表情凝重说："你真的没事？"

宋三说："我来只是想跟市长见个面？"

市长的脸上写满了疑问。

宋三说，二月二日我到国外旅游了一趟，看到总统下班后能和市民在街上亲切交谈，我心里很羡慕。回来后，我脑中老出现那个场景。我就想到市政府来跟市长见个面亲切交谈几句。"

宋三叹了口气说："若没有市长开放日，我想这个想法不知何时才能实现。"

市长紧紧地握着宋三的手，想说什么却一句话也没有说出来。

天天晚上去开会

喂，你好，请问这里是吉尼斯世界纪录上海总部吗？有个事想和你们聊聊。

你问我是谁。

我是狗尾巴村民小组组长张想福。

狗尾巴村在哪里？

你们没听说过？狗尾巴村在珠三角腹地，这里周围很多村子可都是有名的富裕村，村集体年收入100万还算是的少的，年收入上千万的村子也不在少数，与狗尾巴村毗邻的牛头村、猪肚村小组是顶呱呱的超千万元村组，连续三年收入超千万，省长也来视察过，跟来的记者有十几个，写的报道里都说这里已提前进入小康——什么，你说狗尾巴村的集体年收入是多少。唉，不好说，说不出口，与那几个富裕村一比，集体年收入还不到30万元的狗尾巴村就像还生活在旧社会一样。不过，我要解释一下，狗尾巴村这么不景气，是几年前前面的两任村负责人贷款办厂，厂子搞砸了，欠了一屁股债。村委会与镇里现在正在帮扶狗尾巴村……

收线了？上班时间没功夫听我闲聊。

别别别，我真有个事想咨询一下你，我们狗尾巴村想以村小组的名义申报一项世界纪录。

什么内容？

开会。

开会？你开什么玩笑？开会也申报世界纪录？吉尼斯世界纪录是闻名世界的权威机构，一向注重申报程序的严谨性、严肃性。

同志，你别急。你听我说，我给你打电话，不是来凑什么热闹，瞎搞胡来的。我这开会可是创了纪录的。我是三年前当选村组长的，村小组还有一名副组长，两名组委，一名会计，财务由一名组委担任。村小组成员共五人。自接任以来，几乎每天晚上我们都在开会，一千多个日子，天天晚上去开会，这事你听说过吗？

不可能的！一个村小组才多少事，哪来这么多要开的会？

同志，你有权利怀疑这事的真假，我理解。我这里情况特殊，才会弄得天天晚上去开会。我上任后第四天，接到村委会的通知去开了一次会，内容是讲怎样搞好村小组的卫生，以配合村里开展省卫生村的创建。村委会主任在会上说，这个工作很重要，回去之后要马上开会，把会议的精神告知每一户家庭，使所有村民都能行动起来。嘿，这事也不是啥大事，回去之后，我让村小组的组织委员在村头的榕树上挂了一个通知牌，写上当天晚上 8 时开会，每户派一代表，不准迟到。当天晚上我们班子的五个人早早来到会议室，却没见一个村民前来。我想，这是不是通知挂的地方不对，村民都没看到。

同志，你们狗尾巴村有多少村民？

最新的统计是 383 人，一共是 93 户。还是接着说，第二天，我让组织委员写了一个会议通知。忙活了半天，才把通知送到每一户村民的家中。第二天晚上，村小组的班子又早早来到会议室。令我生气的是，当天晚上，坐到十来点，也没见村民前来。你说，这事怪不怪。

不行，有会不来开，村民这是把村小组不放在眼里的表现。我很生气地来到村民张向得家里。他却理直气壮地说：开会？你们会发礼品嘛？

村小组开会给村民发礼品？你小子是不是疯了？

哎，想福叔，你别来气。张向得不慌不忙地对我说，开会发礼品早有先例，猪肚村小组每次开会都发洗衣粉、洗洁精，有时还发袋装香菇木耳。迟到的就甭想，每次开会贼齐。在咱村，啥都没有，谁会去傻坐半天？

竟有这样的事。我半信半疑又来到村民张庆钱家里。还没等我说完，这小子就反问：开会，你们村小组会发钱吗？

发钱？我愣住了。

想福叔，你是真的不知道，还是假的不知，现在在我们周边的村里，开会发点钱，说好听一点就叫发会议补助费，已是见惯不怪的事了。现在大家都忙着做事挣钱，开会的陪上几小时半天的，活干不成，给点补助是很正常的事。听说有些村里，每次开会发给每人10元。牛头村比较牛的，每次开会每人发给20元。牛头村开会从不会担心村民不来的，村里的村民还盼望着有会开呢。

同志，狗尾巴村就这点收入，每次开会发点礼品、发补助费，是根本不可能做到的事。后来，村小组想出了一个没钱开会的办法，那就是上门去开会。村委会布置一项工作，我们小组的五个人就分头来到村民的家中传达，开会都在晚上进行，一户一户跑。计生、农林水、征兵、预防禽流感，村委会一年到晚都有任务，狗尾巴村的会议一个接一个，弄得得天天晚上去开会。初步算起来，有1099次了。

可以考虑是吗？还要先写个申请。没问题，我想到我这一届工作干满，天天晚上去开会的次数将会增加到1300多次。

公民牛二行使权利

锅炉十三厂工人牛二骑着一辆旧自行车途经市政府门口是在傍晚下班的高峰期。自行车很破旧，在他略显发胖的身子底不时发出痛苦的呻吟。

牛二临出厂门口时一口气灌了一大瓷缸凉开水。一番新陈代谢之后，牛二感到很重的尿意向他袭来。路过距离市府一里路远的地方，牛二途经一个厕所，但他没有进去，那是一个收费厕所，起厕一次收费五毛，那是三两青菜的价钱，牛二不舍得，只好让尿给憋着。

市府出现在眼前，牛二舒了一口气，他将旧自行车停放在门口侧边的一块空地上锁好，从容地走了进去。市府里面肯定有厕所，牛二决定到市府的厕所去方便一次。

“干什么来着？”一个身材显胖的保安以超出他身材的反应速度从传达室冲了出来挡住了牛二，“工作人员都下班走了，有什么样事你明天上班再来！”胖保安从牛二身上那套沾着些许油圬的工作服判断，这又是一个因领不到当月工资而前来上访的工人。这个月，像他这样单独前来上访的工人已有 13 人。

牛二很从容地说：“我不找人。我想到里面的厕所去尿尿！”

胖保安变了脸色说：“扯谈！市政府的厕所不对外开放，你到别处找厕所去！”

“我为什么不能进去？”牛二不以为然地又问胖保安，“你要先弄清楚我是谁……”

“我不管你是谁，你不能进去就不能进去！”胖保安粗暴地打断了牛二的话头，他心理很清楚，像牛二这样的行头跟市里的头头脑脑是拉不上关系的。

“你不弄清楚我是谁也没关系，那我问你，市府里面的厕所是谁出钱建的?”牛二仍耐着性子问胖保安。

“你是不是脑子有问题?”胖保安有些生气说：“市府的厕所自然是市财政拔款建的!”

牛二又问：“市财政的拔款又是从那里来的?”

胖保安没有回答，他没想过这个问题。

牛二又说：“市财政的拨款来自纳税人的纳税。”

胖保安反应过来，没好气地说：“这与你有关系吗?”

牛二说：“当然了。我就是纳税人!”

嗤!胖保安一声冷笑：“你?你是纳税人?我那就是李嘉诚了!”

牛二说：“我怎么就不能当纳税人?我虽然当工人，一个月工资千多块，但月月交个人所得税，一个月60来块，一年700多元，连续交6年。你给我算算，市府用纳税人的钱建的厕所，作为纳税人我有没有权利使用?”牛二说完就朝大厅走去，他快憋不住了!

胖保安见牛二说出这番逻辑严密的话，呆了片刻，他还是快步上前粗暴地挡在了牛二面前说：“道理是一套，制度是一套，市府规定不准闲杂人员进来!”

牛二也被激怒了说：“你用词准确一些，我是闲杂人员?我是纳税人?我进用我纳税的钱建的厕所方便，是在行使权利!”牛二推开保安径直走进了大厅一侧的厕所里。

需要补充说明的是，牛二有个亲威在国外从事税务工作。偶尔回来常和牛二说起国外的关于纳税的趣事。国外不少地方政府办公的厕所都对外开放，尤其是对纳税人全面开放，否则，纳税人可以以行使正当权利受到侵害为由而把政府告上法庭。牛二对此事记得很牢，这也成为他敢跟保安叫板的动力。

牛二痛快淋漓一番，走出大厅时，胖保安身边已多了两个瘦保安。胖保安见牛二不听劝阻硬闯厕所极为愤怒。他用对讲机叫来两个同行增援，并决定好好修理牛二一番。

“打他”一声断喝，三个保安把牛二推倒在地上，拳打脚踢。

牛二一边护着脸，一边怒骂："你们这样对待纳税人，是要付出代价的！"

"看你还贫嘴！"胖保安恶狠狠地提脚猛踢牛二的双腿。牛二的双腿很快青一块紫一块。

当天晚上牛二没有回家，他躺在市人民医院病床上，他身上的多处肌肉软组织受伤。牛二让他的老婆给国外工作的那位亲戚打电话，询问接下来该怎么办。亲戚很惊讶地说："连纳税人行使权利也挨打？把这事告知媒体！"

牛二工余时间最喜欢看报纸，并抄下了几家报纸的投诉电话。他来到医院的磁卡电话分头打报料电话："纳税人行使权利挨打，你们报不报道？"

省里的几家报纸在显著的版面报道了此事。市长知道这事后，亲自来到医院给牛二送来了尉问金和鲜花，并向牛二道歉。

市长亲切地问牛二有什么困难需要政府解决的。牛二想也不想就说："那三名打人的保安素质太差，把他们开了！"

市长说打人的三名保安我们会作严肃处理的。

牛二在医院躺了半个月伤好回到工厂继续上班。

厂长却叫他领了当月我工资后走人。

"我是在工厂干了多年的老员工，能说裁就裁的吗？"牛二据理力争。

厂长却面无表情地说："厂里效益不好，裁员很正常。"

牛二知道他会被炒鱿鱼与他行使权利的不幸遭遇有直接关系，但工厂的理由也很充分，他无话可说。

牛二骑着那辆不时呻吟一声的旧自行车回家。途经市府门口时，他下意识地减速朝传达室看去，只见胖保安和两名瘦保安正在屋里打牌。狗日的，他们没有被开，我却被开了！牛二恶狠狠地骂。

曲线扶贫

大富市是A省南部一个年人均收入超过万元的富裕地区。抚荒县是A省北部一个年人均收入仅有800元的贫困地区。大富市与抚荒县成为A省富裕与贫困地区的典型代表。

大富市目前正在进行班子换届。新任市委书记马飞是一位对工作前景很有想法的年轻领导。马飞就职时候慷慨陈词：本届政府一定本着勤勉务实的工作精神和态度为群众干实事和谋福利。马飞还主动提出承担与抚荒县结对扶贫的重任。

2010年7月的某一天，马飞召开了由市委扶贫结对工作会议，提出政府拨出扶贫专款一千万元支持抚荒县。马飞带着专款亲赴抚荒县，受到了抚荒县几套班子领导的热烈欢迎。省、市新闻媒体以各种不同的方式报道了此事，马飞很高兴地说：扶贫扶出了效果。

马飞在抚荒县扶贫期间，该县领导带马飞去到抚荒县最贫困的山村猪尾巴村考察。那是一个山多地少交通落后缺水的地方，村民年人均收入仅有200元。

马飞当场拍板：筹资为猪尾巴村村民盖新房，建立扶贫新村。

2010年8月的某一天，马飞主持召开了扶贫筹资建扶贫新村的工作会议，要求大富市广大群众致富思源回报社会，踊跃捐款，奉献爱心，帮助山区群众尽快脱贫。马飞带头捐了3000元，市委各有关领导按照有关级别都捐了款。

依照工作的部署，大富市各乡镇领导也召开了扶贫捐款工作动员大会，领导也带头捐了款。为了把工作做细，镇领导还采取分片上门进行捐款动员。

大富市麻石镇羊头村村民梁寒莲的丈夫十年前因病去世。在工厂打工每个月仅有500元收入的她带着一个10岁的孩子艰苦度日。儿子上了小学三年级，每年上千元的上学花销成为她的一个负担。她家中的住房是上个世纪六十年代建的砖瓦平房，很破旧，但没钱翻新。

负责扶贫助困动员的镇工作人员到梁寒莲家里时，她还以为是为她送扶贫款来了，很高兴地连声说：感谢政府，像我这样的家确实需要政府的帮助！

工作人员有些尴尬地说："这次来是让你捐款，捐多少都行！"

梁寒莲听了心里很不是滋味。工作人员就说："其实政府也帮过你们不少忙。每年春节都派镇社会事务办的人上门慰问，每年送上300元或500元不等的慰问金，这，我没说错吧？"

梁寒莲点点头。她默默地从床角的一个旧箱子里拿出一个围巾，打开两层从积攒下来准备给儿子买件衣服的68元中抽出10元给了工作人员。

过了两天，大富市的新闻播发了梁寒莲捐款的消息，并刊发了评论员文章，说扶贫捐款活动在全市开展得如火如荼。

2011年1月的某一天，距离春节还有10天，由大富市群众捐款500万兴建起来的扶贫新村进行剪彩及入住仪式。A省的有关领导，大富市的全体班子领导和抚荒县的主要领导到场祝贺。省、市、县的媒体报道了此事。参加活动的领导口头说：大富市的扶贫可作为一个示范工程。

当天晚上，心花怒放的马飞喝醉在抚荒县的招待所里。

当天晚上，到街上小卖部为儿子买铅笔的梁寒莲在电视上看到了猪尾巴村民欢天喜地入住扶贫新村的场景，心里委屈得真想大哭一场。

2011年3月的某一天，马飞再次召开扶贫捐款工作会议，提出再筹资500万元为猪尾巴村修建一条公路。马飞和相关领导在会后照例带头捐款。

各乡镇照常有捐款动员大会，领导也照旧带头捐款。但这次有个别镇领导捐款不能完全理解市委书记马飞的良苦用心，内心抱怨，老搞捐款。

捐款工作人员再一次来到梁寒莲家中。梁寒莲很委屈地说："我不会捐款了。那些使用捐款的人现在日子过得比我还好！”任工作人员耐心解释劝说，但她不为所动。最终，工作人员自己掏了20元，却填上梁寒莲的名字。

大富市的媒体又用不同的形式报道了梁寒莲捐款的消息。

2011年5月的某一天，由大富市捐资兴建的从县城通往猪尾巴村的三级公路开始兴建。马飞再赴抚荒县参加公路动工仪式。

当天晚上，心花怒放的马飞喝了很多酒，七分醉意来到猪尾巴村村长家准备休息时，一位中年妇女递给他一包土特产，说：“我叫梁寒莲，原来住在大富市羊头村。从电视上看到这猪尾巴村得到大批大批的捐款，又建房子又修路，村民的日子比我过得强很多倍。为了也得到扶贫，我找了很多亲戚帮忙，把老家的房子折价设法卖掉，迁移搬到了这里。我这次能搬到这里，很感谢羊头村老村长的帮忙。这包木耳是我上山采的，请您设法转交给他！”

马飞闻言脸色大变，酒醒，他心中像打翻了五味瓶一样。

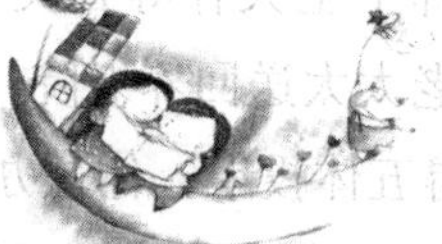

“孝心”

端午节的前一天，天良县县长老熊派司机到市郊的人人养老院把一位70岁的老太太接回家中，说尊敬老人是我们民族的优良传统，作为领导干部要带头起表率作用。

老太太身子瘦弱，走路一颤一颤的，门牙差不多掉光了，吃饭吃得又慢又费劲。自他进门的那一刻，老熊的夫人老穆就没见有好脸色，老穆对老人特反感。老熊的母亲熊老太太已年过七旬，一直住在乡下。老太太生有四个儿子，老熊是老大，其他三个儿子都在乡下种田。老熊偶尔寄回三四百元作为老人的生活费用。他的三个弟弟认为这样不公平，老熊做了县长要啥有啥，养个老人没任何问题，于是，三个弟弟一合计把老人送进了城里。

熊老太太年纪大了，做事慢，耳朵又背，还有乡下口音重，跟她说话要费很大的力气，尤其是一顿饭要吃很久。自她进门后，老穆就觉得把一沉重的包袱搬进了家里，心里一百个不乐意，老人住了几个月，老穆觉得像住了十几个年头一样，她反反复复地说，老熊的弟弟没经她同意就把母亲送进城里是不对的，他们这样做是在推卸责任，是严重的依赖心理作祟，说了一次又一次，老熊被弄烦了，就派司机把母亲送回乡下。

现在，老熊没事找事把一个老人带回家中侍候，老穆既不解又烦燥，她质问老熊：是不是发烧吃错药了？

“你头发长见识短，懂啥？”老熊没生气，而是意味深长地说，“过一两天你就会知道。”老熊说完还给秘书打电话，通知新闻媒体前来报道。当地的媒体接到通知后连夜上门，第二天县报和县电视台刊发和播出了老熊为老太太洗脚的照片特写镜头。

随即，县里有关部门的头头脑脑纷纷登门来看老太太，来时提来大袋补品之类的礼物，走时还留下红包，交给老穆，说是给老人买些吃的用的。几日之间，老穆收到人参鹿茸十全大补等各类礼品 500 盒，礼金 10 万元。热闹一过，老熊派司机把老太太送回养老院，走时给了老人 100 元钱和一盒补品。老穆对老熊佩服得五体投地：你这办法真绝！

县长接老人回家小住一时成为人们谈论的热门话题。明白其真正用意的其他头头脑脑肠子都悔青了：这样妙的办法，咱咋就没想到呢？

转眼几个月过去，重阳节将至。重阳节乃是敬老节。节前的一天，老熊把司机叫来面授机宜，接一位年纪大一些的回来，当然，前提是不要这病那病的。

司机跑了一趟，回来时却只有他一个人。司机一面无奈说：去晚了，老人都被副县长局长等县领导抢先接回家了！

他奶奶的！老熊暗骂了一句，见有好处都来抢！老熊暗骂完后想到一个办法，要尽快出台《关于把敬老院老人接回家尽孝心的有关规定》。按其设想，今后，担任县委书记县长职务的，一年之内可以五次把老人接回家小住，时间可长达 10 天，副县长职务的，一年之内可以三次把老人接回家住五天，各局办一把手一年之内只准把老人接回家住一天，一般干部不准接老人回家住。

老熊正在为他的想法感到得意时，正在看电视的老穆大叫他快来，老熊从书房赶出来，从电视上看到了可怕的一幕：画面上，副县长老金正在为一位年过七旬的老太太洗脚，那老太太正是老熊的母亲熊老太太。

老熊像疯了一样大叫：这是为什么？

原来，熊老太太被司机送回乡下后，其他三个儿子心里充满了怨气，说大哥做了县长竟如此对待母亲，他不理，他们也不理，于是，他们三个对熊老太太也撒手不管，熊老太太饥一顿饱一顿度日，她感到心里无比悲哀。熊老太太早年丧夫，她自己含辛茹苦把四个儿子养大成人。她暗想大儿子有了出息做了县长，自己的晚年生活一定会过得很幸福。可哪会想到，四个儿子互相推卸责任，令她晚年生活过得这般凄凉。一气之下，老人背了一副碗筷到邻村乞讨去了。

县长的母亲去行乞的事惊动了乡里的头头脑脑，他们想这事传出去，对县里和乡里都会产生很坏的影响，于是乡长拍板从有限的经费中拿出几千元把老人送进了敬老院先安顿下来。

熊老太太上了电视成了县里的“名人”。有对县长不满的打匿名电话告到市纪委。纪委深查，查出了老熊虐待母亲以及利用老人变相受贿的事实，随即，他被撤去了县长职务。纪委在通报此事的同时还出台了一个《关于天良县不准利用养老院老人进行变相受贿的有关条例》。

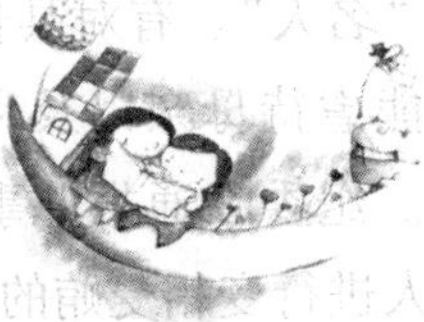

报案

利新是一位较有正义感和责任感的年轻人。

2013 年夏季的某一天，利新到肉菜市场买了两斤青瓜出来，发现一个长头发、蓄着一撮小胡子的中年男人用所谓的万能锁匙对停在市场口的一辆女式摩托车下手。

利新发现想阻制时，已迟了一步，摩托车已经启动，他刚喊了一声“有人偷车!”，那人已驾车一溜烟跑了。

利新连忙来到旁边的公用电话亭打“110”报警。两名警察很快赶来，利新将发现的情况跟他们说了。

警察却要利新回派出所录口供。利新为难地说：“我老婆出差了，家里只有 5 岁的儿子在，他在等我回家做饭呢!”

“不行!”警察说，“你一定要回去录口供，这是对你个人的负责，也是对案件的负责。你不去录口供，我们有权怀疑你在报假案!”

利新无话可说，无可奈何地上了警车。上车时利新想：偷车的人怎么没上警车，报案的人却进了派出所里?

一个星期后，派出所依靠口供上的联系电话通知利新：马上到派出所来，抓到一个外貌特征跟你描述一样的偷车犯，让你前来辨认。

利新的单位在北边，派出所在南边，相距有 10 公里。利新转了几趟车，花了足足一个小时才来到派出所。警察见他姗姗来迟，有些不高兴，就批评他时间观念差。

利新闻言，有些生气地说：“你嫌我来得迟，那就派车来接!”

哼！批评他的警察更加不满：“你这是什么态度？协助公安机关办案，这是公民应尽的义务，你还想摆谱?”

辨认完疑犯后，利新坐公交车回去，心中越想越气：“我这是干嘛呢，没事找事，跑来跑去，没受表扬，反挨批评！”

隔了半个月，派出所又抓到了一名偷车疑犯，派出所再次通知利新去辨认。利新心里有气，就说正有事忙着，脱不开身。

放下话筒没多久，利新所在单位的第一把手来找他，一面不高兴地说：“派出所找你去，你怎么不去？耽误了办案，你负得起责任吗？”

利新有口难辩，只好再次挤公共汽车。到了派出所，那名办案的警察又尅了他一顿：“年青人要有社会责任感，要有公德心，不能做什么事都斤斤计较个人的得失！”

这名疑犯仍不是利新碰到的那个。辨认后，利新也有些恼火，对那名警察说：“都这么长时间了，你们怎么还抓不到那名小偷？”

“怎么说呢，办案总是需要一个过程的！”那名警察说，“我们正在加大抓捕的力度，不过，我们也怀疑你报案时描述的疑犯特征有错！”

利新没再说什么。临走，那名警察拍了拍利新的肩膀说：“我们还会通知你再来的，你要做好思想准备。”

利新仍坐公共汽车回去。走到半路，公共汽车停靠在一个小站里上落乘客。一个小孩透过车窗看到车站一侧有一小偷在偷一位大妈的钱包，小男孩见状大声说：“有小偷，偷东西！‘”

利新也看见了正在作案的小偷，但是，他却神经质地大叫：“我什么也没看见！”

社会关系

中学老师宋二的女儿宋小娜在省商学院即将毕业，为女儿找工作成为他们一家的头等大事。经过一番打探，发现市贸易局正好需要像他女儿这种专业的职员。

宋二很高兴地把女儿的推荐表送到贸易局，回来时心却凉了半截：贸易局需要招用两人，但现在收到的个人应聘资料已有 500 份！

宋二和家人经过反复讨论后，一致决定请贸易局局长韩一吃饭，给他送红包。这是决定宋小娜能否得到这份工作的最好途径。

宋二不认识韩一。宋二决定调动所有的社会关系。他给那些社交能力比较强的朋友打电话："您认识贸易局局长韩一吗？"

宋二的朋友钱三自称认识韩一，而且还上他家吃过饭呢。

宋二喜出望外，下班后邀请钱三到市中心皇上他爹大酒店吃饭。钱三把五名远道而来的朋友也一起带去。

宋二想此事能否办成就全靠钱三的帮忙了。他点了鱼翅炖汤、龙虾、鲍鱼等上等的好汤和菜。钱三和那几位朋友能喝，一顿饭喝了两瓶好酒。宋二结账用去了 5860 元，他一个月的工资才 3000 元。

宋二把心痛强压住，他小心翼翼地问钱三："你看何时请韩局长吃饭比较合适？"钱三剔着牙说："我是通过市财政局办公室的朱四认识韩局长的，那次去韩局长家吃饭也是朱四带我去的。这事最好先请朱四吃饭，合计合计才行动，成功的机会才大。"

宋二又问，那何时请朱四？

钱三说："最好你不要在场，因为有别人在场说话不太方便。"宋二认为钱三所说极是，就把 6000 元活动经费给他，让他招待朱四。

次日，钱三约朱四及他的朋友又去皇上他爹酒店吃饭，花掉了2000元。吃完饭，钱三才拿出宋小娜的就业推荐表道明来意。

朱四剔着牙说："此事最好让吴五来帮忙。吴五是韩一的表侄，就在我们单位上班。"

第三日，钱三在电话里向宋二通报了昨日的请客情况。问："请不请吴五?"

宋二说只能这样。

第四日傍晚，钱三、朱四、吴五等六人在皇上他爹大酒店吃饭，花掉了2300元。吃完饭，钱三拿出宋小娜的毕业推荐表说明来意。

吴五摇头说："此事我不能出面，我一出面肯定要黄!"吴五解释说，韩一对家族的所有亲人约法三章，工作上的事、尤其是用人方面的不许任何亲人插手。不过，这事也不是绝对的。韩一对所有亲人严厉，唯独他的老婆杨六不买他的账。因为他能当上局长，杨六给他帮了很大的忙。此事若杨六答应帮忙，准成。

正感到绝望的钱三闻言又有了希望，问："那有没有关系找到杨六?"

吴五想了想说："女人的事当然要让女人出面，说话才方便。我有个朋友叫卢七，跟杨六在同一公司做事，两人关系特铁。此事她肯从中帮忙，就成功了一半!"

钱三通过电话向宋二通报了宴请吴五的情况，问找不找卢七。

宋二强压心头的不快和着急，咬着牙说：找。

钱三说："活动费用已经花掉了大半，你看……"

宋二来到钱三家，又送上了3000元活动经费。

第五日上午，钱三约吴五、卢七到皇上他爹大酒店吃饭。放下电话不久，钱三接到单位指派的一个紧急任务，马上飞北方的一个城市。临走，他把宋二的3000元活动经费全部交给吴五，让他全权作主，招呼卢七吃好。

吴五把卢七单独请到皇上他爹大酒店，点了一桌美容养颜的高档素菜，吃得卢七心花怒放，连称这是几年来吃得最好的一顿饭。饭毕，吴五又送给他一条价值800元的银手链。然后，他拿出宋小娜的就业推荐表说明来意。

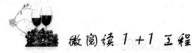

卢七说："此事我不宜出面，我请一个人出面，给你办妥。"

吴五说："谁呀，有这么大的能耐?"

卢七说："暂时保密。"

吴五想了想说："既然这样，下次请客你单独请。"然后把没有用完的1500元交给她作请客时的费用。

第八日傍晚，宋二接到学生蓝必胜家长蓝八的电话，约他到皇上他爹大酒店吃饭。同时去吃饭的还有卢七。

饭毕，卢七递给宋二一个装有500元钱的红包，说："有个朋友托我办事。他女儿大学快毕业了急着找工作，打听到贸易局要进人。但是，应聘的人太多，这事非找他们单位的头儿韩一不可。韩一局长对这类托关系找人帮忙的事很反感，这事要办成非他的老婆杨六从中周旋才行。杨六有个表侄就是你们班的蓝必胜。杨六疼这个表侄胜过亲生儿子，此次若你以蓝必胜学校班主任的身份去找杨六说情，我这位朋友的女儿的事一定能办成。"

卢七说完把宋小娜的推荐表拿了出来。

宋二望着八天前自己送出去现在又送回来的推荐表，不禁目瞪口呆。

一把长弓复杂而痛苦的前传

在冷兵器时代，我的能量与作用被发挥到了极致。黄帝与蚩尤在涿鹿一决高下，我第一次走上战场，弓矢先发制人显现的无比威力成了黄帝此役制胜的秘诀。两军相遇弓弩在先，习射之风从此流行了数千年。有了这样的背景铺垫，制作良弓就成为兵家梦寐以求之事。

贞观三年七月，长安城北制作良弓的匠人杨玄召得到了一段有着六十年年轮的花梨木，他如获至宝，如此树龄的花梨木是制作良弓可遇不可求的质材。但是，后来的事态发展背离了这位巧匠的设想，他却因制作我这把长弓而陷入灭顶之灾。

匠人杨玄召在为得到一段良木而感到无比欣喜兴之时，已登上大位的唐君李世民在忙完政务之余，仍然怀念身为王子之时于秦王府中招募良将横槊张弓的光辉岁月，这位在马背征战多年的君王对于宝马、良弓有着一种与生俱来的偏爱。兵部侍郎秦怀当读懂了太宗的心思，决意为这位明君寻找一把新的良弓。

秦怀当出现在杨玄召的制弓作坊是在一个夜里。面对秦怀当递上的百两黄金，杨玄召毫不犹豫地收下了。这位出身于弓匠世家的传人对于自己制弓的技艺非常自负。拥有了独特的质材再加上家传的绝顶手艺，制出一把良弓自是水到渠成的事。

而制作一把良弓需要耗费三年时光，是一个无比复杂的过程。匠人杨玄召把那段花梨木一分为二。他要制作两把长弓一把交给秦怀当，另外一把他留作自己收藏。

缩进与制作古琴取树材一样，杨玄召先把花梨木放在清泉之中浸泡三个余月去其浊气，再在丽阳之下晒上三月以吸日月之光增加灵气。

当我从一段木头即将变成一张长弓的时候，我也开始追思我的前身。长安城郊有一条弯曲的小河，河堤边上就是我的生长之地。静看堤岸花开花落，河涨河退，呼吸着清新的空气，滋润着香甜的露珠，听虫儿歌唱数天上星星，我度过了快乐的童年。盛夏炎热时节，一位少年到河中游水，看到河堤上长着的一棵挺拔的花梨树，他突发奇想攀到我的枝杈高处纵身跳到河中。我的不幸就是从遇到这位少年开始。他对我没有丝毫的怜惜。为了制作一个遮阳头盖，他从我的身上折断了一根根枝条，全然不顾我身上的疼痛。更可怕的是几年之后，这位已长是成人的男子因为遭遇了一场失败的爱情，一个又一夜里喝得醉醺醺的他来到河堤上，摸出了一把刻刀，在我身上刻下他心上人的名字。很快那个女人的名子布满了树身四周。我因此变得体无完肤。我心里充满了对这个男人的恨。但是，我的恨无处可以发泄。当我身上的疼痛与仇恨积累到我难于承受的时候，我的身心因此遭到了致命的扭曲。只是华丽的外表暂时掩盖了我身心的秘密。

由我制作的良弓不仅骗过了巧匠，也使阅兵器无数的兵部侍郎看走了眼。数天之后，再次出现在杨玄召面前的秦怀当脸上堆满了可怕的怒容，忍无可忍失去为官者的风度，他指着杨玄召破口大骂："收了百金，竟造出如此劣弓?"

对造弓技艺极度自负的杨玄召诚惶诚恐，请求再给数月时光调制另一把长弓。送走余怒未消的秦怀当，万分不解的杨玄召带着新制的两张弓回到城北老家，请年迈的父亲指点迷津。

在杨玄召的老家，我见到了一位满满白发的老人。老人一见到我却连声说："好弓。"但是，我见到老人的那一刻，内心却升起了难以言说的愤恨，这位老人正是当年摧残我身心的男子。

造了一辈子弓弩的老人也没有发现我身心遭到扭曲的秘密。得到父亲的肯定，杨玄召把两张长弓一起送到了秦怀当的府上。没想到，数天之后，再一次出现在杨玄召面前的秦怀当暴怒不已："两张长弓送进后宫，皇上试过之后视为劣品。"言毕向杨玄召索回百两黄金。一向视造弓技艺天下独步的杨玄召感到奇耻大辱生不如死，当天晚上服毒自绝。

《资治通鉴》记录了此事的表象："上谓太子少师萧瑀曰："朕少好弓

矢，得良弓十数，自谓无以加，近以示弓工，乃曰：‘皆非良才。’朕问其故，工曰：‘木心不直，则脉理皆邪，弓虽劲而发矢不直。’”

一张弓与一棵树、一棵树与一位巧匠的命运紧紧连在一起，而这决不是用“轮回”两字就能解释和涵盖的。

京张铁路的感恩独白

我是一条铁路，我是民族铁路工程崛起的标志，我的诞生被贴上太多首个和第一的标签，因而具有划时代的意义。我来到人世的历程就是一个苦难的历程。积贫积弱的母亲本来没有能力养育我，苦心孤诣冒着巨大的风险孕育我，也是为了给中华这个民族争一口气。若不是碰到那位名叫詹天佑的工程专家，我最终难逃胎死腹中的厄运。光绪三十一年，清王朝为了挽救濒临崩溃的民族经济，兴办铁路开发矿山，我由此成为这一年上马的最大工程。与许许多多建筑项目自立项伊始就引起你争我夺一样，刚刚出台图纸，蠢蠢欲动早已按捺不住的各国工程总办就四处走动伺机把工程揽到怀中。英国铁路工程在华包办商赦特翰在驻华公使的引领下以不速之客的姿态闯进了直隶总督袁世凯的府衙。赦特翰以傲慢的态度对袁世凯说必须聘用英国人当总工程师。俄国铁路工程在华包办约瑟夫也闯进直隶总督袁世凯的府衙，开出了工程的底价是3500万两白银。袁世凯轻轻地说了一句：“还是让中国人自己来修建吧。”招来的是约瑟夫的狂笑：“你们？中国能修铁路的工程师怕还在娘胎！”日本铁路工程在华包办雨宫敬次郎也上书袁世凯，修建我就要挖掘八达岭隧道，挖掘八达岭隧道只用中国的工人断难完成，除非使用日本技工及开凿机械。逐利的生死博弈与国人专才的匮乏使京张铁路的修建一开始就变得狼烟四起、前景莫测。詹天佑对200公里长的铁路线先进行了一番艰苦细致地勘测，然后才坚定自信地披着一身的风尘，走进了直隶总督府衙。詹天佑开出750万两白银的造价和六年的工期坚定了袁世凯让中国人自己来修建铁路的信心。被委任为京张铁路总工程师的当天晚上，一位金发的洋人来找詹天佑。这位名叫金达的英国人曾与詹天佑共事多年，他以朋友的身份劝告詹天佑：修建我，绝路的险峻超出人的想象，中国缺乏机械设备和经验无力承建，只有趁早退出才可免将来半途而废以致自取其辱。詹天佑笑着送走了金达，马上就来到了我的身边，开始了新一轮的勘测和图纸的设计。北京城南的天华酒家是京城的繁华之地，领到工程款腰缠万贯的商贾最喜欢在此呼朋唤友挥金如土海吃海喝。约瑟夫花钱收买的杀手路易十三已在此守候了多日。按他的设想领到巨额工程款的詹天佑一定会出没其中。准备伺机把他打伤打残令其知难而退。路易十三苦苦守候了半个月，连詹天佑的影子也没有见到。冬天的北京天寒地冻，披着一身雪花的路易十三找到詹天佑的时候，詹天佑把总工程师办事处设在了京郊石佛村北坡一个姬姓农民家里。吃的是粗粮睡的是土炕，白天冒着雪花在一线监工，晚上冒着严寒在油灯下设计绘图。一位总工程师雪夜窗前操劳的剪影产生了强大的感召力量，一位杀手心头的坚冰融化了。路易十三在村里找了一地方住了下来，夜里就悄悄地守在屋外。因为他担心约瑟夫或会派出新的杀手前来。我很清楚，这样的死亡威胁詹天佑是毫不在乎的。八达岭开凿隧道采用炸药爆破，詹天佑第一个上前点燃引信。居庸关段发生塌方，他第一个跳进坑里查看土质。总工程师的无私无畏常把修路工人感动得泪流满面。宣统元年，我以崛起的英姿展示在世人面前。750 万两白银的造价还剩余 30 万两，六年的工期只用了四年。不甘心的英俄工程包办却四处散布谣言，说我是问题工程潜藏着巨大的危险。詹天佑坦然自若，带着全家人坐上了首发列车。光明磊落的行为不仅击破了谣传，也赢得了世人的尊敬。对于詹天佑，自始至终我都对他怀着感激之情。我希望他功成名就之后能在我身边多留一刻。然而工程一结束他就赶赴下一个工程。于是我又多了一个心愿，期望他能常来看看我，但是一别几年，他再也没来过。民国八年，我突然听到了一个晴天霹雳的消息，只有五十八岁的詹天佑为了我以及我的兄弟姐妹的成长呕心沥血而至积劳成疾英年早逝。京城和京郊的民众纷纷来到我的身边，在铁路两旁插上一朵朵白花以寄哀思。一位年过六旬的老人来到我的身边长跪在地上放声痛哭：“詹，我的朋友，你是中国，不，也是全世界最了不起的工程师。”这个人就是英国人金达。

一段乌木的断代史

我的人生旅程就是一部苦难的历史。一万年前一场突如其来的地质灾害使我从高山之颠坠入了万丈深渊。强烈的求生欲望使我战胜了黑暗带来的恐惧和洪水引发的侵蚀，没有化作一抔黄土的我获得了新生，重现人世的我赢得了世人的崇敬和恩宠。“家有乌木半方，胜过财宝一箱”，民间流传的传说给我贴上了神化的标签。而我在一段历史中能占有一席之地始于一场旷日持久的变法。

先秦的历史烽烟弥漫在列强图霸的版图上，饱受欺凌的秦国以一种知耻而后勇的姿态开始了改变国运的抗争，一纸出自国君之手的招贤令引来了天下士子。卫鞅这位来自卫国的法家成了秦君眼中的千里马，卫鞅理所当然成了秦国变法的领军人物。

法家推行的每一场改革历史背景各不相同，但是变法的核心内容千古不变，那就是进行利益的重新分配以刺激和调动民众生产的积极性。甘龙、杜挚这些既得利益者的权臣代表与后来许许多多站在改革对立面者一样成了改革的反面人物。朝野上下被别有用心者散布的谣言所蛊惑。新法能不能颁行成了一种悬念。我就在这样的背景下登上了历史的舞台。

卫鞅在秦国国都竖起了一条三丈之长的木头，贴出的告示极为诱人，只要有民众把我从南门搬到北门即可得到十金的赏赐。失去了诚信长年生存在谎言中的秦民把告示当成戏弄人的游戏。我在列日中暴晒了一天而没有被挪动一寸之地。处于崩溃边缘的诚信太需要缝补和重树，心急如焚的卫鞅不动声色再次贴出告示：把我从南门搬到北门即可得到百金的赏赐。

家贫父病急需金钱的秦人杜石冒着被耻笑的风险来到了我的身旁，

把我从南门抱到北门。一场强秦的变法由此拉开了序幕，“徙木立信”被写进了变法的典章。我完成了这样的使命后，秦国国君孝公以一代明君的远见卓识看到了我潜在的政治价值，把我打上“徙木立信，有令必行”的烙印后封存在国库，当成治国图霸的另一种利器。

卫鞅的变法使体弱如绵羊任人宰割的秦国长成了一只猛虎。秦国迁都咸阳显示了国家的富有和强大。作为徙木立信事件的当事人，秦人杜石的命运也发生了翻天覆地的巨变。利用得到的百金赏赐，杜石不仅治好了父亲的病还做起了皮货粮油的买卖。

二十余年时光转瞬而逝，杜石与儿子杜名在咸阳城北建起了数一数二的皮货粮油商号。这个时候，一代雄主孝公化已作了一抔黄土，为变法立下赫赫功勋的卫鞅遭到了变法反对派的清算，以一种惨烈的死亡离开了历史舞台。

甘龙、杜挚这些潜伏了许久的权臣重新浮出了水面，带着一种全盘否定卫鞅变法的恶念开始了清算。为把失去的利益重新占有，杜石、杜名父子在威迫利诱下了成了甘龙、杜挚手下谋利的的棋子，皮货粮油商号卖出假冒伪劣的商品。权力庇护与一本万利的诱惑，产生的是负面的示范作用。官商勾结欺行霸市谋取暴利成了帝都咸阳的气象，通过变法建立起来的诚信再次遭到了重创。

登上大位的惠王此时才明白了父王把我藏进国库的用意。再次下令变法的他还效仿卫鞅徙木立信之举，令人将我安放在咸阳城南，搬到北门给予五百金的赏赐。这一次我遭到了空前的冷落，赏赐提高到千金依然没有人前来徙木。

诚信缺失是国之殇民之祸，徙木立信之法只能采用一次，徙木建立起来的诚信遭到毁灭之后，再造诚信徙木之法已形同虚设，再造诚信就往往要付出血的代价。十天之后，杜石、杜名父子被拉到北门斩首。

而我依然被藏进国库之中。秦惠王令人在我身上又刻了两行字：“徙木立信，信在坚守。”

千年的风霜堙没了那个叫商鞅的男人苍茫的身影，我这根原本普通的木头，有幸见证了秦王朝的兴衰，又幸运的逃过了项羽的大火。在一场罕见的渭河大洪灾之后，我沉入水底，经由缺氧、高压的千年碳化，我身上的字迹已经荡然无存。在一个偶然的新世纪的黄昏，以身价百倍的乌木的新姿态重返俗世。人们围着我，纷纷赞叹我的市价昂贵，但无一人知道，曾经附在我身上“信”，才是真正的无价之宝。

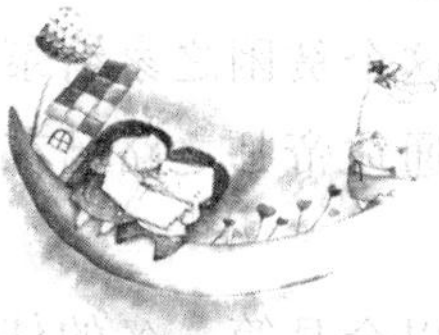

黎氏宗祠的百年往事

我坐落南粤一个名叫黎边的村庄里。我是家天下的产物，东周平王一年宗庙制度的产生使我以燎原之势遍布乡村的一个又一个角落。成为各个家族供奉祖先神主进行祭祀的场所，被视为宗族的象征有着至高无上聚集族人的能力。在珠江三角洲的大地上，我更是以满天星星的形态布点在每一个村庄。在成千上万浩如烟海的宗祠中，我没有被湮没在历史的尘埃之中，那是因为这个小村走出了一位名叫黎湛枝的帝师。

南宋咸淳九年，一拨黎氏先人经过长途跋涉之后看中了依山傍水土地肥美的这块沃土，开山辟土一个名叫黎边的村庄由此崛起于南海狮山小塘的这块版图上。耕读传家的乡风民情造就了兴学的土壤，村舍的一角多了书舍这一个标志性的建筑，使这个民风淳朴的乡村增添了亮色，这间书舍正是我的前身。

波澜不兴的日子往往会被历史一笔带过，浓墨重彩去描绘这个村庄的历史那已到了晚清时节。以贩卖耕牛富甲一方的大户黎业生出资把书舍修葺一新再把儿子黎同名送来就学。毗邻南海的番禺县潘氏大户慕名也把公子潘佑松送到了我的身边。

苦读的日子往往会令人感到索然无味，然而我却发现了一个令人惊讶的场景。有个衣衫破旧的孩子站在书舍的门外，神情万分专注听先生吴佐建讲课。这个孩子正是黎湛枝。家中一贫如洗使只有九岁的他靠着给大户黎业生放牛挣几两银子帮补家用，读书成了一件可望不可及无法实现的难事。

有志的贫家之子往往会表现出惊人的毅力。黎湛枝每日清晨时分到后山割来一推青草供牛享用之后就到书舍旁听先生吴佐建讲学。专注好学开启了智慧之门，遇到先生吴佐建提问两个正式学童无法回答之时，站在门外的黎湛枝已不由自主地说出了答案。

聪慧好学的孩子最是令先生吴佐建疼爱，慧眼识人的吴佐建把黎湛枝视作得意门生，许多个夜晚，先生悄然来到这个贫困之家给黎湛枝免费讲学。一个贫困孩童的命运就这样被改写，通往帝师之路已在村庄的麻石道上写下了序篇。

光绪十二年，没有进过书舍之门的黎湛枝以全县第一名的佳绩荣登乡试榜首。大户黎业生送给黎家的贺礼是三头耕牛，同时请求黎湛枝与其子黎同名同窗伴读，番禺学子潘佑松更是紧随其后。七年之后的省试三位同窗都榜上有名。民间流传的版本是黎湛枝为筹京试的路资而替两位同窗替考，获得了三千八百两银子的酬金。在文字狱盛行科场舞弊全家株连的清代，黎湛枝断不会干李代桃僵之事。真实版本是，两位同窗家人见黎湛枝才高八斗，于是出资请其提早撰写了两篇策论。两位同窗熟记心中省试之时运用其中收到了奇效。

"一科三举"的传说放大了黎湛枝的学名，京师之间也在谈论这一科场佳事。晚清王廷也把这一奇才纳入了视线。京试二甲榜首的排名终于铺平了黎湛枝的帝师之路。

来到幼帝溥仪的身边，面对京师的富丽堂皇，黎湛枝常有一种恍如隔世的感觉，眼前常常会出现故乡田边放牛站在书舍旁边光着小脚听先生讲学的场景。

乡村走出一位帝师，倍感荣光的族人以书舍为址集资修建了宗祠。家庙第府与书舍错落其中，连绵四百余米使我显得气度不凡。我身前有宽阔的广场和古老的榕树，身后有小山绿树为屏风，幽幽村巷以麻石为基，前低后高气势如虹。修复一新的我却多了一心愿：期望黎湛枝能回来看看我看看故乡的草木。但是，一年又一年过去了，我依然没有见到他的身影。于是我不再盼望他回来，我的最大的心愿就是他能平安活着。帝师其实是最大风险的职业，帝师荣耀的背后常常是危机四伏。已满头白发的先生吴佐建读懂了我的担心，他撰写了一封书信请人递送给这位早年的学生。信中坦陈帝师之道，也提醒其善待自身。千年之前的汉廷，景帝为平郡王叛乱不惜将自己的恩师晁错腰斩于市。这样的悲剧很多时候还是会在朝堂上重演的。先生的书信寄出之后却如同石沉大海没有任何音讯。民间流传的幼帝与老师已被被革命党所杀的消息常常使我万分地揪心。在极度的伤心绝望之时，吴佐建老先生终于收到了学生辗转千里送来的回信：王师千古事，任凭人评说。

一座宗祠的百年往事与一个小村的兴盛荣光穿越历史的云烟紧紧连在一起。

千年蜀水流过都江堰

一把锸站在滔滔的江水边，完成了一个郡守最杰出的造型。

一个人工建造的无坝引水宏大工程，缔造了成都平原最富饶的一方天府乐土。我就是这条人工凿堆开堰挖掘建成的水渠。我的名字叫都江堰，滔滔蜀水千年万年从我身上流淌着，关于我的罪恶、我的悲哀与荣光时时浮出水面。

战国的烽火在摧毁着黎民的家园，春天的岷江依仗山洪兴风作浪，奔腾而下的浊浪，沿着我高低不平破旧不堪的身躯涌进了平原，一口吞噬掉成片的庄稼、成片的房屋，还有一条条精壮的生灵。春夜野郊的哭泣，成都大地就似成了人间地狱。以谋士身份谋到相位的范雎以一颗爱民的怜悯之心听到了蜀郡水患的声声告急，向秦昭王举荐李冰治蜀成了范雎从政以来最明智之举。

李冰带着儿子李二朗来到了我的身边，成都平原大地颓壁残垣墙倾田毁满目疮痍，泡在蜀水中的百姓就像泡在苦水里苦不堪言。脱掉长长的官袍，手握一把长锸的李冰站在滔滔的江水边，他脑海中想起了远古时代那位名叫大禹的男人当初是如何治水的。

一拨又一拨上了年纪的村民走进了郡守府中，他们曾经参加过一次又一次的治水，李冰采纳了他们的经验与智谋，决定在我身上常常引起阻塞的部位玉垒山进行凿穿引水手术。玉垒山上积满了坚硬的石头，虎口被震裂的开凿人束手无策。李冰指挥村民用火烧石，岩石爆裂之后，一个酷似瓶口的山洞终于成形。

凿堆开堰拉开了治水的大幕，一个罪恶的阴谋却在李冰的身边暗流涌动。依着秦昭王贵戚裙带关系封为华阳侯的仇海借着连年的水患鱼肉百姓。打扮成巫师的一拨拨仇府仆人进村散布惑众妖言：只有用珠宝、美玉、美女祭祀水神，水神不发怒才能平息水患。妖言在很多地方还是能惑众的，连年来，村民用血汗钱买回珠宝、美玉以及把含辛茹苦养大正值豆蔻年华的女儿一个个扔进了江中，被早有准备的仇海暗中捞起，取回府中大肆享用。权力支撑下的贪婪是一切罪恶之源。倚仗皇权进行鱼肉百姓的罪恶行径最是有恃无恐变本加厉。

李冰父子不辞劳苦日夜治水的行为令华阳侯如坐针毡，他不甘心欲望的陷阱从此被填埋，他更担心凿堆开堰的成功就会使他惑众妖言鱼肉百姓的罪行会大白于天下。于是打扮成难民的一拨拨仇府仆人走进了咸阳城中散布惑众妖言：郡守李冰治水耗资巨大，不见半分成效，定是别有用心，成都百姓苦不堪言流离失所。带着王命的御使大夫令深耕微服悄悄来到了我的身边。那个时候，李冰正指成千上万的石匠雕刻三个巨型的石桩人像和一个巨大的石马放置于滚滚的岷江江流中。李冰用石桩人像和石马观测和控制内江水量。

御使大夫没有领会李冰的匠心。被华阳侯用珠宝和美玉收买的太监在昭王面前布谗，昭王终于动摇了他对李冰的信心。范雎进谏力保李冰的意见没有被采纳，秦王下达了将李冰削职回朝候审的旨意。很多时候，人患比水患来得更加凶残。

宣旨的御使大夫令深耕再次来到我的身边时正是春季汛期，奔腾而下的浊浪将新建大埝冲开一个巨大的缺口。李冰带着郡守府所有人都在抢险。他弯着腰在装沙包，春天的冷雨打在他的脸上身上，他瘦长的身躯却像一块大石一样巍然屹立。浊浪在拼命地撕扯着大埝缺口，决堤的风险正在逼近。李二郎一声怒吼跳进了江中，很多青壮后生也纷纷跳进了江中，人墙堵截住了缺口。最早跳进江中的李二郎耗尽了所有的体力，沉到了江底。在场的所有人都流下了悲伤的泪水，只有李冰没有流泪。他喃喃道：长眠大江，二郎无悔。

令深耕带来将李冰削职回朝候审的旨意令成都百姓悲愤莫名。三千百姓长跪在岷江边，请求御使大夫收回王命。耀武扬威的华阳侯带着其护卫前来对御使大夫施压：抗旨就是死罪。

民意在关键时刻总是能爆发出强大的力量，悲愤的三千百姓像潮水一样涌向华阳侯及其护卫。多名护卫像泥巴一样被踩在了脚下。更有人带头冲进了华阳侯的府上，带出了大批珠宝、美玉以及被折磨得奄奄一息的女人。令深耕把华阳侯押进了秦宫。

千年蜀水见证了人患与水患的较量，正义与罪恶的博弈。我这条人工凿堆开堰挖掘建成的水渠成了一座文明的灯塔，创造治水与从政两大奇迹。千年蜀水淘走了许许多多的从政者，李冰却以为黎民浚壅消灾滋润濡养的从政理念巍然屹立在一堰之上。

在夜深人静的时候，我似乎还听见，滔滔岷江水里反复回荡着李冰父子从历史深处传来的声声叹息。

长留在南方的丹钵

我是一个用来洗涤或盛放东西的陶制器具，带着赤黑色的神秘光泽，曾经有僧人带着我行乞化缘云游四方。关于我的故事一开始就引人注目。

东晋咸和六年三月，南粤珍丰村仙岗后山金峰山上百花盛开，一树树的桃花竞相开放，黄色的牵牛花星星点点开满山坡，粉红的杜鹃迎风起舞，雪白的梨花在烂漫春风中飘荡着沁人心脾的芳香。炼丹名家葛洪带着我这个用来盛放丹药的丹钵，在这个春意正浓的时节来到了金峰山上筑炉炼丹。“邪气得进则药不成也”，人迹罕到的名山胜景最是令丹家向往。

我见证了炼丹这样神秘诡异的过程。葛洪在三月三日开山月的吉日良辰筑坛烧符箓，在金峰山山坡上建起了被称为丹灶的丹炉，丹炉高五丈，外形似塔内设丹鼎，丹鼎正中再建水海。丹灶左边筑有华池，右边置放绢筛、马尾罗等器具。葛洪在丹炉燃起了五味真火，把金属矿物置放于丹炉上烧炼。

炼丹是一个漫长的过程，一炉丹药要耗费两三个月的时光。葛洪在静静的春夜里挑灯写医著。这位炼丹名家还是一位乐于行走在民间的名医。他撰写医著《肘后备急方》时，我被他放置在案头，丹钵上常常会放置几味草药和丹药。一边品尝一边把药理特征写进书中。

第一炉丹药炼成已进入了初夏的时节，丹药为红色圆形的药丹，共有二十粒，被放置于我这个丹钵上，有好奇的村民闻讯赶来瞧个仔细，葛洪没有掩藏热情地和村民聊天，告知丹药之用。初夏过后南方迎来酷暑，珍丰村发生了水灾，大片农田被冲毁。洪水过后有村民染上了一种说不清的怪病，病人浑身起一个个的疱疮，起初是些小红点，不久就变成白色的脓疱，穿衣走路一不小心就把疱疮碰破，痛得病人死去活来。疱疮一边长一边溃烂，病人还引发高烧，用尽汤药病情没有丝毫的起色。村头的佃户梁大匡染上此病只过三天就不治而亡。村尾的佃户梁有待帮忙料理后事也染上此病，没有两天也病得奄奄一息。此病说不清道不明，十个发病有九个治不好。村民谈起这种怪病，人人自危。有心慌者惊呼，怕是瘟疫来了。更有村民收拾东西准备弃村而去。

葛洪托着我这个丹钵走进了村里，告知村民：此病名为天花，是一种传染性很强的病。他让梁有待住进村外边的一座庙里，然后把丹钵里的丹药与草药交给梁有待要他每日按量服下。半个月后梁有待就药到病除体健如常。他激动得冲到仙岗后山跪在葛洪面前放声痛哭："神医啊，你的救命之恩永世难忘。"

施药治天花放大了丹药的威名。与珍丰村相隔三十里的金华里住着一位大户金唤康，年过四旬的他靠贩卖私盐发家，然后广置田产成为富甲一方的大户，家奴过百，妻妾成群，声色犬马中身体每况愈下，得知葛洪在金峰山上筑坛炼丹喜不自禁，急忙叫管家前去传话：愿出千金要葛洪炼造寿丹和增欲的纵丹。

葛洪一口回绝："葛某行走大山之间筑坛炼丹就立下了规矩，不炼寿丹，只炼药丹，不为达官贵人炼丹，只为平民百姓炼丹。"

金唤康气得暴跳如雷，叫管家带着几十名家丁抄着家什准备把金峰山上的丹炉毁掉，把盛放在我怀中的丹药抢回来占为已有。

梁有待得到消息组织了一百多村民手握扁担锄头誓死保卫丹钵、丹炉。双方蓄势待发，打斗一触即发。

金唤康等管家走后信步到后花园要拳脚，见到府中养了多年的一条大狗大发淫威，对着几条小狗猛咬。金唤康火猛三丈顺手提起一根木棒对着大狗打去。不料大狗不闻不顾，冲过来对着金唤康的脚根狠狠地咬了下去。半小时后金唤康浑身抽搐痉挛，嘴里发出了狗的叫声。他被家中发了疯的狗咬了，染上了疯狗病。

走到半路的管家接报带着家丁返回金家。梁有待与众村民都暗暗高兴，连声说："这真是恶有恶报。"

金华里周边的名医对疯狗病束手无策。金唤康家人绝望中准备后事，葛洪托着我这个丹钵走进了金家。他令人把疯狗捕来杀死，取出狗的脑子敷在金唤康的伤口上。这种以毒攻毒之法使金唤康转危为安。葛洪再取出丹药五粒让金唤康服用调理。

金唤康病愈后感念葛洪的救命之恩，派管家带着百两黄金前去答谢。来到金峰山，只见人去炉空，葛洪已不辞而别，离开金峰山去到了罗浮山，他留下的唯一物品就是我这只盛放草药丹药的丹钵。

许多年过去了，长留在南方的丹钵成为一种印记。葛洪炼丹药救百姓之事在南粤一直成为不老的传说。

生死簿的艰难抉择

自从有了三界之后，我就成了阎罗殿记录人间生死寿限的最重要档案。生死簿成为限制地府滥用权力草菅人命的最好凭证。然而三界之间关于权力的制衡、良知善恶的较量就像暗流涌动从没有平息过，许多看似无可争议的事却充满着变数，把我一步一步带进了进退维谷的艰难险境。

洪武三年四月，毛毛阴雨云遮雾罩使梁城陷入清明时节的无比哀伤之中。这个时候，端坐在阎罗殿上的阎君翻开我，正在审斥黑无常、白无常失职："梁城城北人氏金万利阳寿三十有八，生死寿限之期已过一载，此人至今尚在人间逍遥。两位无常专事索命之职，岂能对此不闻不问。此事若是传到天庭，你我都将被追究责任。"

我很清楚，阎君这样审斥黑无常、白无常的理由并不充分。黑白两无常两年之前接到索命任务之后就于夜间到梁城城北金万利家门外大声呼叫其名字，只要金万利答应一声他的阳寿就到了尽头，他就即时可以归入我的档案之中。令黑白两无常费解的是两名地府专使在一个月的时间里天天登门亲去索命，但是都无功而返。再后来，金万利举家搬迁就像突然消失了踪迹一样不知去向。

黑白无常内心充满了委屈，但是面对一脸威严的阎君不敢申辩。两使唯一的选择就是继续寻找金万利及早完成索命之差。

在月黑风高的晚上，黑白两无常幻化成两位老者在梁城街头漫步暗中打探金万利的行踪。城北邻里说起金万利无不恨得咬牙切齿。对从商有着天然偏好的金万利在城北开了一家粮油店，想尽办法谋取暴利。先是短斤缺两以次充好，一段时日之后他还嫌如此谋利速度太慢，竟在粮食中掺沙子，金钱蒙蔽了心眼坑害邻里六亲不认。被激怒的顾客联合起来去找金万利讨回公道的时候，金万利已将粮油店转让出去并逃之夭夭隐姓埋名不知去向。

黑无常对白无常道：“此人专干丧尽天良之事，怪不得阳寿只有三十几年。”

白无常道：“只有及早索了他的命，才能使人间少遭此人的祸害。”

黑白两无常深夜时分回到地府，见到阎罗殿上灯光通明，阎君正在大殿上大发雷霆：“天庭不但知道金万利逍遥生死簿之外，而且还查明金万利正在干有损天威之事。”逃到城郊的金万利花重金叫人散布谣言，说他梦中得到天庭玉帝与太上老君的指点得到了一张治人间百病的秘方，谣言说多了百姓心中的疑虑就被消解了，许多人暗中打听如何能买到这样的仙药。金万利于是制作了一大批假药兜售。不明真相的百姓花了一年半年辛辛苦苦挣来的血汗钱换来一堆有毒有副作用的假药。

黑白两无常一刻也没有停留就赶到了城郊金万利的住处。两使者在门外照例大叫金万利的名字，但是正在房里楼着一堆银子窃笑的金万利回答道：“你们找错人了，这里没有这个人。”

我碰到了一次艰难的抉择，干尽坏事的金万利为了逃脱罪责一直在改名字。他现在的名字叫金显灵，就是索了命也一时难于归档。想不出好办法的阎君把难题推给了黑白两无常：“这是你们两使的职责，请你们两人想出一个万全之策。”

黑白两无常再次找到金万利的时候，他又一次搬家搬到了梁城北山山脚下开了一间食品作坊制作添加了白石泥有毒有副作用的粉条。周围百姓吃了毒粉条生了病，金万利又叫人上门兜售假药，把方圆几十里的百姓都害惨了。

“如此恶贯满盈之人，再让他逍遥在生死簿之外，真是天理难容。”黑无常站在食品作坊大声叫喊道：“金万利，金万有、金万银、金加银……。”

话音刚落一个五岁的孩童从房里跑了出来答道：“谁在喊我啊，我来了！”说完就倒在了地上气绝身亡。

金万利闻声从房里跑了出来惨叫一声：“我的儿啊。”即时晕倒在地，再醒过来整个人就变得疯疯颠颠。

黑白两无常心情沉重回到了地府向阎君坦陈索错命之事，请阎君处罚。没想到阎君却突然高兴起来：“如此一来金万利生不如死。这比索了他的命还难受。”阎君说完判官把我找出来，在金万利的阳寿里又添了十年。

赵郡河石桥的千年英姿

屹立不倒是我站立的姿态，横跨两岸渡人渡物是我存活的重要方式。千百年来风吹雨打历经沧桑我依然保持挺立的英姿。我是一座建在赵郡的河石桥。潮涨潮退花开花谢，在一个又一个日子里，我常常在默默地怀念那位名叫李春的匠人，他建造了我也创造一个恒久的奇迹。

我的身下是一条日夜流淌不息的洨河，缓缓流淌的清清的河水掩着可怕的假象。一到汛期江河暴涨，洨河就会撕下温顺可人的的面具，张开凶暴的大嘴无情地吞噬着一条条鲜活的生命。

北周大象二年，赵郡将作局征集工匠在洨河上修建石桥。匠人蒋宴西与将作局少丞蒋耕沾亲带故，打点了五十两银子后蒋宴西就轻而易举揽到了修桥的工程。次年的春天汛期如期而至，一场洪水把刚刚修建完全的石桥完全冲垮。正行走在桥上的一家三口瞬间就被滔滔浊浪所吞没。数天之后，人们在下游找到了两位年长者的尸体。年近十五岁的少年则被下游的一位工匠救了起来。那位少年正是李春。

一场洪水引发石桥垮塌造成家破人亡，使少年李春对工程事故刻骨铭心。他对修桥者偷工减料以次充好中饱私囊恨之入骨。帮助工匠做事的空余时间，李春学会了游水，在滔滔江水之中他成了一条入水矫龙。在揭开迷底之前，没有人会想到他所做的这一切都是因为我。

又到了一年汛期江河暴涨之时，李春来到洨河上游，劈波斩浪潜入河底，感受洪水的冲力。在寒风刺骨的冬日，许多人在围炉取暖把酒享乐之时，李春又来到洨河上游，脱下鞋子走进浅流的河床去感受冬日水流的张力。一晃过了八个年头，李春每年都来到洨河观察潮涨潮退纪录了一年四季洨河不同的水位。

隋开皇十四年夏秋之际，赵郡将作局再次征集工匠在洨河上修建石桥。好处与利益被视作是工程的标签，每一宗工程的背后往往引发的就是利益之争。改姓埋名逃到城郊的匠人蒋宴西利欲熏心之下又蠢蠢欲动。这一次他让儿子出面去揽修桥工程。蒋宴西又依法炮制，取出百两银子准备在将作局少丞身上大做文章。将作局少丞蒋耕因为上一次工程事故已被免职。接替他的是一年近半百名叫魏豢的半老头。魏豢把百两银子推了回去，他不贪财但嗜色。

秋初的赵郡下了一场秋雨，暮色沉沉的夜里，蒋宴西把年过二八如花似玉的女儿送到了魏豢的卧房。女儿把屈辱的泪水暗暗咽进肚里内心翻江到海生不如死的时候，蒋宴西却在酒楼里开怀畅饮，脸上掩藏不住计谋得逞的窃喜。

在这个下着萧瑟秋雨的夜里，李春也走进了赵郡太守李诠的府中，给太守送上了一份奇特的礼物，一本厚厚的绢上写着八年来洨河的水文记录，李春泪流满面地说："设计监造新的石桥再也找不出比我更合适的人选了。"

太守李诠把李春扶了起来，当天夜里就颁发了让李春设计监造赵郡河石桥的太守令。当天夜里，李春来到洨河上游跪在河堤对天起誓："我李春将倾尽全力修建一座最坚固的大桥，造福沿岸百姓。历经九死一生也决不言悔。"

建造我是一个漫长而艰难的过程。李春把家搬到了河堤，吃住都在工地里。白天与匠人一起打造修桥用的石块，一块石头重达两千多斤，打造千余块石块用了两年时光。夜里，李春就在工棚里设计建桥的方案，我的身形被定格为敞肩圆弧拱形。

大业元年，毕十年之功建成的我终于以全新的面目问世。出现在世人面前的李春长着长长的胡子，变得瘦骨伶仃，为了修桥他几乎耗尽了身上所有的精力。洨河南北两岸百姓欢天喜地来一睹新桥的风彩。

赔了女儿计谋没有得逞的蒋宴西不甘心，四处散播谣言。李春修桥贪墨白银三百两的谣言很快传遍了赵郡。太守李诠亲自带人来到了李春家里调查。展现在眼前的却是一个家徒四壁的家。每个月，李春领了奉银都拿去买肉煮了送到工地犒劳工人。太守李诠流下了两行热泪，下令奖赏李春百两纹银。李春领了赏银，却叫人买了许多石块用来加固桥脚。他对我的爱到了无以复加的程度。

修桥、修路、修水利都能获得被尊敬被怀念的资格。而修一座永久屹立不倒的大桥则可以彪柄青史。千百年过去了，当许多刚刚建成的大桥就突然垮塌时，我心里百转千回，对李春始终感激满怀。我能屹立不倒，那是因为修建我的李春的心中有座永不被摧垮的心桥，幻化成了民族的匠魂，从而绽放出光照千秋的璀璨光芒。

秦朝末年的扶苏

我是树的一种，秦朝末年种植在大秦帝国首都咸阳的御花园里。郑国才是我的故里，大秦帝国的崛起使周边诸国颤栗不安。和亲增加国度的安全使郑国公主郑尋娓以羊入虎口的姿态投入秦王嬴政的怀抱。郑国公主郑尋娓入秦对斗载车量的陪嫁之物黄金珠玉视若不见，唯独对我这样一棵小树视若珍宝。咸阳御花园成了我新的栖身之所。

雨露滋润骄阳恩泽，我长成了一棵大树。修长的身材挺拔向上，茂盛翠绿的叶子发出了馨人的香气。郑尋娓常常在我的身边吟唱郑国流行的情歌《山有扶苏》，美人香草佳木成了御花园的风景。大秦的学人给我起了一个名字叫扶苏。

郑妃怀胎十月期满也正是入秦三年的纪念日。这位能歌善舞多愁善感的乱世佳人带着对故园的万般思念来到我的身边情不自禁地唱起了《山有扶苏》。情歌触动了胎气，郑尋娓来不及回到后宫就在树下我的身边生下了一个清秀的儿子。始皇嬴政念及郑妃对我无比钟爱，就给这位刚刚降生的秦宫长公子取名为扶苏。

秦王嬴政以灭六国天下一统的雄主情怀培植秦宫长公子，为嬴氏万世帝业奠定血脉根基。机智聪颖的扶苏饱读诗书生具一副悲天悯人的慈悲心肠。在春风秋阳的丽日，扶苏与母妃郑尋娓来到我的身边，看一树香叶吟唱《山有扶苏》，隽永场景令随行的宫女泪流满面。

秦宫长公子注定没有资格吟弄风月，悲天悯人只会让秦王嬴政所不齿。始皇三十五年三月，儒生侯均、卢俊在咸阳学宫点评时政抨击秦王暴政。以武力平天下的嬴政没有容天下的胸怀。御林军带着杀无赦的王命赶到学宫之时，儒生侯均、卢俊已提早逃脱。始皇嬴政把满腔暴怒迁居到秦国儒生身上。带着一颗怜悯之心的扶苏力谏放下焚书坑儒的屠刀，能负天下绝不能让天下负已的始皇一意孤行，460 名儒生被斩杀于咸阳闹市。

大将军蒙恬成了扶苏新的太子太傅。始皇嬴政决心用刀光剑影来荡涤秦宫长公子的妇人之仁。大将军悉心辅导习武数年使一位羸弱的公子脱胎换骨，扶苏悲天悯人的面容被刚毅果敢所取代。清高公正的扶苏被一些正直的朝臣暗中誉为未来明君。

中车府令赵高不以为然。这位以精通刑法和书法而深得嬴政宠信的中车府令竟有挑衅之举，他令人来到我的身边，砍掉几条粗壮枝条制作成皇车的扶手。公主郑尋娓抚摸着我身上的累累伤痕黯然神伤。扶苏满腔激愤走进深宫，力谏父皇将赵高这等得到皇上宠信就有恃无恐的逆臣革职逐出秦宫。

“表面上太精明的人当不上皇帝，太清高的人无法适应王廷的游戏规则。”始皇嬴政对于公子扶苏清高、公正很是失望。在这位雄主的心中，权谋与驾驭之术才是要领，以扶苏光明磊落之举行走于宫廷，那是王廷的大忌。嬴政需要未来的接班人如同自己一样把精明深藏于心底，把忠臣与佞臣交替使用，使王廷的制衡力量永远把持在自己的手中。

嬴政的皇命使秦宫长公子随同大将军蒙恬到上郡戍边。辽阔的塞外放大了公子的一腔豪情。开疆拓土戍边卫国使扶苏在征战中身先士卒立下了赫赫战功。嬴政磨砺帝业血脉根基的苦心没有得到回报。嬴政的突然辞世使远在上郡戍边的秦宫长公子像一只断了线的风筝。

赵高与李斯制造了篡位夺权的阴谋，宫廷政变使公子扶苏被置于死地。热切期待早日回到朝堂一展宏图的扶苏等来的是以始皇之名发出、实出自赵高之手的遗诏，赐其与将军蒙恬自刎。

疏属山巅建起了一座新坟，那是秦宫长公子的墓地。已满头白发的儒生侯均、卢俊感念扶苏的仁爱与相惜，把我的幼苗暗中从郑国移到了疏属山巅公子的墓前种植。清明时节，看着墓前长着一排笔直的扶苏树，儒生侯均、卢俊仰天长叹：行事光明磊落有勇有谋之人却被诛杀，玩弄权谋者却登上大位，叩问上苍这公平吗？

疏属山巅一片沉寂，许多历史事件因为充满变数从来就找不到标准的答案。秦朝末年的扶苏也因此成了令人深思的历史符号。

黄杨木床

我是一张具有古典风格极其罕见的黄杨木床。心然居客栈是我安身立命之地。江湖侠客名门贤士曾慕名而来，千古红颜绝色佳人在我身上留下温软的娇印，富豪显贵一掷千金在我身上放浪形骸。数千年来，我见证了一段段睡客鲜为人知的悲欢离合。

春秋桓公十八年，鲁县之北的荒漠上发现了一颗树干粗大如桶的大树。鲁县巧匠谢十三一见如获至宝。这棵名为黄杨木的大树生长周期极其缓慢，每逢闰年停止生长，一棵大树需历时百年才能成才。在民间流传了我不少传奇的版本，要砍伐黄杨木要选择没有星星和月亮的黑夜，如此才能保证树干不出现裂痕。取了树干再投进水中，树干若浮上来则是次品，若能沉入水中就是上品。

伐木取材匠心设计巧手打造，一年之余，一张古典风格的黄杨木床成了谢十三的杰作。细腻的木质镶嵌精细的仕女鸳鸯雕刻作品，更令人心旷神怡的是我身上总飘着清香雅致而不俗艳的气息。十两银子的交易，心然居客栈老板朱见长成了我的新主人。

奢华是原罪的发酵剂，放纵是堕落的开始。谢十三有一年方十八姿容出众的娇妻韩姚窈，对散发淡香的黄杨木床很是神往，对没有在床上度过一宿就使木床易主很是后悔。她提议与鲁十三投宿心然居客栈在黄杨木床上欢娱一宿，遭到谢十三的断然拒绝，巧匠的审美情趣在于制造家具。

年少的心被追逐浪漫而牵引，韩姚窈拿着那卖了木床所得的十两银子独自一人来到了心然居客栈，为了能在我的身上度过一宿她已不计后果。三月的鲁县还下起了大雪，心然居客栈已没有空房。放置了黄杨木床的客房已住进了一位男子。经不住韩姚窈的央求，更主要的是收取了韩姚窈三两银子，朱见长把韩姚窈带到了我的身旁。

我的身旁有一位年过三旬的英俊男子正在挑灯夜读，他窗前灯下剪影在雪夜中显得格外动人。韩姚窈怦然心动顿时产生与他在黄杨木床欢娱一宿的想法。韩姚窈装着遭受苦寒急需取暖之状主动向这位英俊男子投怀送抱。知书识礼的英俊男子顿生怜香惜玉之心，把韩姚窈紧紧抱在怀中。

韩姚窈身上的幽香与急促的呼吸没有点燃英俊男子的欲望之火，他用学识的定力控制了情波欲海，一对青年男女相拥端坐在黄杨木床上，在春秋的雪夜成了一座隽永的雕塑。

一夜相拥却无关风月，韩姚窈的内心掀起了惊涛骇浪。她由最初的激动到惊愕，再从失望到生气，最终是崇敬感激塞满了她的心头。她毕生记住了这位名叫柳下惠能坐怀不乱的英俊奇男。风月无边，一念之间控制了情波欲海就成就了一位圣人。

回到家中韩姚窈多了一桩心事：要倾其所有把黄杨木床当成圣物一样重新购买回来。客栈老板朱见长放大了商人的利欲把我的身价抬高了百倍，千两银子的售价使韩姚窈无计可施，空留满腔遗憾。

花开花谢思念如潮水冲走了许多时光，大雪如轮回一样又飘飘洒洒了一个冬天，等了一年的韩姚窈迫不及待地来到心然居客栈，她选在周年之日来到我身边，她以安宿黄杨木床的特有方式重温与柳下惠一夜相拥的奇情奇事。

积累了万贯家财的朱见长膨胀了色心色念打起了钱色交易的罪恶算盘，他提出与依然风姿卓约的韩姚窈在黄杨木床上欢娱十宿就使木床易主，遭到了韩姚窈断然拒绝。柳下惠能坐怀不乱的情操使韩姚窈学会了珍惜。

鲁县富豪鲁貌雄妻妾成群仍然垂慕韩姚窈的美色。他想一掷万金把黄杨木床占为已有，再等韩姚窈以羊入虎口的姿态来到鲁府上。出乎他的意料的是，鲁县翠红楼头牌滟一笑倾尽十年卖笑卖身所得的千两银子抢先购买了黄杨木床，并把我送到了韩姚窈家中。

滟一笑万分羡慕对韩姚窈说：“能有机缘与柳下惠这样英俊奇男相遇

相惜，真是女人的一大福份。能帮你了却此心愿，也是我的一大福份。”言罢泪流满面飘零而去。

一个男人也泪流满面，他就是鲁县巧匠谢十三。谢十三在鲁县之北的荒漠上再找来一棵黄杨木历时三月刻了一樽柳下惠的雕像安放在我的身上。

屈原诗注

郢都进入春天多雨的季节，楚怀王在后宫和妃子郑袖纵酒尽欢。三闾大夫屈原给怀王上了一本奏折：今天下纷争，大王应胸怀天下，励精图治，成就霸业，臣冒着死罪劝大王不能苟且偷安！新明法度，举贤授能，这是屈大夫在一个月内上的第十本奏折，内容都相同。

怀王觉得被扫了娱兴，他将三闾大夫的奏折掷于地下，暴怒爬到了他的脸上。

上官大夫靳尚在怀王身边安插了自己的耳目。靳尚嫉恨屈大夫，一直想置屈大夫于死地。靳尚把子兰等朝中多位也嫉恨屈原的大夫请到家中密谋。当天夜里，怀王在后宫接到十本奏折：三闾大夫屈原恃才放旷，目无君主，大王应治其罪。

对怀王还抱着一丝幻想的屈原在府中等待大王的召见，等来的却是大王放逐他的王令。

屈原在郢都度过最后一个夜晚。雨仍在下着，郢都宠罩在淫雨之中，分外伤感。屈原没有睡，他坐在案前写诗，写了一宿，写了三百七十三句。被怀王削去职务的屈原还原了诗人的天职。他写下了前朝以来最长的一首诗。天亮了，这首题为《离骚》的长诗终于书毕，屈原头上的青丝在一夜之间白了过半。屈原收拾了行囊悄然走出府门，他消瘦的身子隐没于若隐若现的雨中。

三闾大夫被削职放逐的消息传遍了郢都。郢都的百姓心中难过，他们不约而同来到屈大夫的府上，想送大夫一程。他们没有见到屈大夫，却读到了屈大夫写的长诗《离骚》。

“长太息以掩涕兮，哀民生之多艰；余虽好修姱以鞿羁兮，謇朝谇而夕替；既替余以蕙纕兮，又申之以揽茝；亦余心之所善兮，虽九死其尤未悔!”《离骚》中的章句在数日之间传遍了郢都，郢都的百姓在吟诵《离骚》时眼中都满含泪水。

在后宫和南后郑袖纵酒尽欢的怀王知悉了屈原离开郢都时诗兴大发写了一首二千五百字的长诗。怀王令人把这首写在竹简上的长诗抬进宫中，花了半日的时间草草读完，他心中像打翻了五味瓶。作为一国之君，能拥有如此多才的臣子，他觉得是一种幸运。怀王很清楚，在宫中，若论才华，没有人能出屈原之右。屈原能在一夜之间写出三百七十三句的长诗，这是宫中大臣没有一个人能做得到的，这也是诸侯各国之间没人能做得到的。若换上上官大夫靳尚，给他三十个晚上的时间，他也写不出这样长、这样好的诗作。

怀王叹了一声：屈原才高八斗，志向远大，但不懂为臣之术，没有审时度势。官拜三闾大夫，不考虑如何使君上的日子过得开心一些，而是屡屡上些令君主感到棘手的奏折。屈原还恃才自傲，不把众臣放在眼中，他会被削职放逐，完全是咎由自取啊。

靳尚和子兰进宫求见打断了怀王的感叹。靳尚咬牙切齿地对怀王说：“屈原离开郢都，写《离骚》诗泄愤。郢都百姓读其诗后受到蒙骗，都同情其处境，暗骂大王昏庸无道。一时之间，郢都人心向背，风雨满城。屈原这是别有用心，目无大王，大王可下令将屈原处死……”

怀王打断了靳尚的话头：“处死屈原，不正是授郢都百姓话柄？屈原既能写诗泄愤诋毁寡人的名誉，屈原也可以写诗颂寡人功德。靳尚持寡人令牌出宫去见屈原，令其作诗赞颂国君英明有德。”

其时屈原已被放逐到了沅湘水域。从郢都到沅湘之地路途遥远。靳尚不愿意受颠簸之苦，回到府上，他召集了十余名自称会作诗的门客，闭门造车，仿屈原诗体创作，准备以伪诗来蒙骗怀王。十余日后，诗作交上来，靳尚气得大骂这些门客都是吃白饭的。他们集体创作的诗作像儿歌一样，毫无诗味，更别谈有屈原的风格了。

靳尚闻子兰府中有一位从赵国来的儒生名公孙一，颇具诗才。于是将其请到府上，言明若能仿作一首屈诗，相赠五百金。

公孙一一口回绝：“屈大夫之诗天下独步，岂能模仿？纵能仿其韵，不能仿其骨；纵能仿其形，不能仿其神。屈诗气概万千，就是召集七国诗手亦无法仿创出其诗啊！”

靳尚无计可施，只好带着十余名随从和两位妾氏，历时两月来到沅湘之地。靳尚认为屈原遭削职放逐，已磨掉了锐气和傲气，一定会配合他创作一首颂诗让他及时回去向怀王复命。

岂知屈原连见都不愿见他，靳尚气得七窍生烟，他呈上王宫令牌，屈原才勉强和靳尚见面。见了面，屈原也不说一句话。

靳尚以使者的身份令屈原在一天之内要将颂怀王英明有德的颂诗写好。

次日，靳尚一早来到屈原的住处，屈原已不在。桌上放有一首新诗，题名为《渔父》，其中有一句是“宁赴湘流，葬于江鱼之腹中。安能以皓皓之白，而蒙世俗之尘埃乎？”

靳尚气急败坏，派人去寻屈原，回报说屈大夫已乘小舟沿湘流向下游走了，具体去了何处，无人知晓。

靳尚灰溜溜地返回了郢都，他没有带回屈原新作。他进宫见怀王说没有找到屈原。

“大胆靳尚！竟敢蒙骗寡人！”怀王大怒，将一把竹简丢在地下，靳尚目瞪口呆：竹简上刻的正是屈原新作的《渔父》诗。

原来，沅湘之地的百姓素闻三闾大夫诗才天下独步，每有新作问世，都争相一读为快，新诗《渔父》很快流传到了郢都，怀王获悉后令人刻录了一首。

靳尚被怀王斥责了一番并罚俸两月，他阴着一张脸回到府上，当即将府上那十多名自称会作诗的门客辞退，并令府上任何人都不得提“诗歌”等。因为一提“诗歌”两字，他就感到有一种说不出来的恐惧。

心　腹

长安城的夏夜很短，太监俱文珍却觉得这一天的夏夜很漫长。一壶陈年烈酒已喝掉了半壶，他的额头布满了汗水。

烈酒搅动着他心头的秘密，他如热锅上的蚂蚁，坐卧不安。这一天一早，一名小太监匆匆赶来宣旨：皇上急诏进宫。

一定是发生了什么事了！俱文珍从小太监那缺少笑意的脸上暗暗猜测皇上急诏进宫事非寻常。

皇上李涌是三个月前登上皇位的。为争夺皇位李涌花费了很多心思。先皇李商育有三个儿子，李涌是二皇子，皇位跟他所处的位置有相当远的距离。李涌幼读诗书，喜兵法和权谋之术。他意识到他作为二皇子的地位是永远都无法改变的，但皇位与他的距离则完全有可能通过人的努力进行缩短。李涌布下了一枚制胜的棋子，就是在先皇身边安插自己的心腹。

那个时候，俱文珍初入宫，在李商身边做事，年纪也不太大，但名利场如染缸般的深宫很快就把他仅剩的单纯完全渗透。他天真的脸上布满了狡黠的窃笑。他的进步得到了二殿下李涌的赏识。李涌用名利这个诱饵把俱文珍变成了他的心腹。作为知遇之恩的回报，俱文珍不断把有价值的消息带给李涌。

李商病重时决意传位太子李宗。去宣李宗进宫的太监俱文珍径直来到李涌府上汇报这一绝密的消息，李涌以探病为名带着几名随从来到后宫逼李商写传位二皇子李涌的诏书。

李涌登上了皇位，但龙椅尚未坐稳，他却得了一场急病。宫中所有的太医都被宣进宫中为皇上看病。但好几个月过去了，皇上的病却丝毫没有好转的迹象。有人怀疑这太医中有太子安插的心腹，已掌管后宫的皇上心腹俱文珍大权在握，对太医作了一番暗查，没有查出太子有以太医身份安插进来的心腹。

俱文珍走进寝宫时，李涌静静地躺在床上。他此时憔悴的脸上已完全失去了帝王霸气，空洞的眼神闪现着恐惧和绝望。

俱文珍急需想找到李涌急诏他进宫的答案。李涌却一直没有说，他伸出手无力地挥了挥，示意叫旁边的侍从太监等退下。

“皇上急诏奴才进宫，定有急事?”俱文珍跪在床前问。

李涌仍没有说话，他示意俱文珍取过案前的纸和笔，写下了一行字：“你要和我一起保守一个秘密!”

俱文珍点了点头。李涌又写道：“朕突然之间不能说话了。此事断不能告诉任何人。从今日起，你要日夜守在朕身边。大臣有事启奏，由你代传批奏结果。”

李涌写完似乎又有些担心。他在纸上又写道：你要严守这个秘密。你若敢泄露了这个秘密，杀无赦!

俱文珍又点点头。皇上成了哑巴，一整天，心头装着这个秘密的俱文珍做事显得神不守舍。晚上，他以回家取东西为由向李涌请了假。

俱文珍回到府上，没有心思收拾东西。他的心头很乱，理不清头绪。他一个人喝起了闷酒，冷酒热了心肠。他觉得皇上把秘密告知他，这表明李涌信任他，他应该感到高兴，但这么大的一个秘密告诉他，对他而言又不能不说是一个祸患。

“所有的秘密都意味着随时都有可能会泄露出去，否则，那就不是秘密，而且泄露秘密的往往不是参与誓言保密的人。皇上身边的侍臣，也可能会暗中把秘密泄露出去，给皇上诊病的太医也可能会暗中把秘密泄露出去。而一旦这些秘密泄露出去，皇上第一个怀疑的人就可能会是自己！自己就可能招来杀身之祸!”俱文珍的思绪越来越混乱。

一壶酒喝完时，俱文珍突然做出了一个大胆的决定：连夜把这个秘密泄露给太子李纯，通过这个机会使自己成为李纯的心腹，以延续位高权重的时光。

太子李纯对皇位早已虎视眈眈，获得俱文珍透露的这个绝密消息的李纯带着俱文珍和另一位名叫仇士良的太监来到了后宫。

李纯先给李涌请安："父皇，您所患的小疾可有痊愈？儿臣甚念，特来探视。"

李涌没有看李纯，却把目光对向俱文珍。俱文珍不敢面对李涌的目光。

李纯又说："父皇，听闻您不能说话，朝中诸事甚多，父皇是否下旨，让儿臣监国?"

李涌一笑，摇了摇头。

李纯甚是着急："父皇，儿臣监国只是权宜之计，所有法度一如父皇所制定的，并无作更改。这就像你还在当皇帝一样，有何不可?"

李涌仍没有点头。

李纯更加着急，示意仇士良和俱文珍威逼李涌退位。

李涌回想当初他带人进宫逼先皇下诏立他为太子的场景，苦笑，示意李纯取来纸笔，李涌提笔写下了最后一道圣旨：朕不幸身染恶疾，不能处理朝政，传位太子李纯。

取到诏书，俱文珍和仇士良随李纯回太子府喝庆功宴。三人将满满的一杯酒一口喝完。酒一入肚，俱文珍便倒在地上，七窍流血，片刻气绝身亡。他喝下的是下了剧毒的酒，仇士良大惊失色，连忙跪在地上。

李纯脸无表情地取出一张纸，是李涌草拟诏书之后加写的：俱文珍原为父皇心腹，心腹一起恶念，就会成心腹之患。此人断断不能再留用，否则，他日必成后患！

绿绮台琴

民国三年冬天的某一天深夜，粤东莞城邓府已被逼人的寒气笼罩着。三名黑衣人乘着看家护院的家丁的松懈悄悄翻墙而入，直奔邓府藏琴阁。三人把那把名贵的绿绮台琴装入早已准备好的黑衣袋里，但是还没来得及下楼，四周突然亮起了火把，二十多人把三名黑衣人团团围住。偷琴的三名黑衣人只有束手就擒。

邓府的护卫把三名黑衣人连人带琴押到客厅时，绿绮台琴的主人邓尔雅已坐在堂上。这位精通文学，诗、书、画、印皆名闻粤府的中年男人脸上没有表现出丝毫的怒色，他儒雅的脸上露出了一丝笑容说：“我昨日才以千金购得此琴，三位今夜就来光顾，可见此琴名气之大。不知三位所为是为琴而来，还是为钱而来?”

一名黑衣人说：“在下游一弋，粗通音律，原在莞城做小本生意为生，后见生意难做，就干起偷摸之事。昨日得知邓老爷以千金购得此琴，便生歹意，叫上几位同道想偷去转卖。但没想到邓老爷早有准备，现在失手被擒，请老爷念在我等上有老、下有小的份上，从轻发落，不要送官府。”

“好!”邓尔雅轻轻一笑说，“你们三人中只要有人能说出此琴的来历，就可放你们走。”

三名黑衣对望了几眼，低下了头，失望地说：“在下粗通音律，知道此琴值钱，但不知道它的出处。”

邓尔雅说：“既如此，那让我先说说这把琴的来历。古有四大名琴，那就是‘号钟、绕梁、绿绮、焦尾’，粤府也有四大名琴，那即是‘绿绮台、天蠁、春雷、秋波’，绿绮台位居粤府四大名琴之首。”

“三位所见的这把绿绮台琴是唐武德二年制作，至今已有一千三百年历史。剑胆琴心，三位可能不知道这把琴演绎了多少动人心弦的故事。”邓尔雅手抚琴身长叹一声说。

唐武德二年，著名的琴师武阳历时八年用桐梓合精造出了这把传世名琴。唐武宗李炎精通音律喜爱名琴，他收藏了绿绮台。明朝时，此琴为明武宗朱厚照所藏。后来这把琴流落到了民间，明末名臣隆庆中书舍人邝露亦是一位精通音律喜好名琴的雅士，他费尽周折，得到了这台名琴。

清兵入关一路南下，邝露率部坚守广州城，坚守数月后城破。邝露独自一人怀抱绿绮台琴站在城门上，啸歌言志从容赴死。

一名清兵牙将搜掠到绿绮台琴，拿到市场去卖，标价百两黄金。埋名隐姓的明末世袭锦衣卫叶维城经过闹市，睹琴思人，感叹邝露的忠勇，他筹来百两黄金将琴购回，秘密藏于惠州城家中叶氏泌园内。岭南名士屈大均得到消息慕名来到泌园听琴。叶维城取出绿绮台琴，两人抱琴泛湖，一曲未了，屈大均泪流满面，在湖中题写了一首感怀诗：“城陷中书义不辱，抱琴西向苍梧哭。叹君高义赎兹琴，黄金如山难比心，我友忠魂今有托，先朝法物不同沉。”

御用名琴一样会流落民间，没有多少人能长时间拥有这台名琴。清朝咸丰年间，莞城张敬修成了名琴的主人。张敬修辞去江西布政使一职后，回到家乡莞城修筑可园。得到绿绮台琴，张敬修视为珍宝，令人在可园内筑“绿绮楼”，专藏此琴。

名琴再次易人是在张敬修去世之后。民国三年秋天的某一天，邓尔雅走进了可园。张家破落，沦落到要靠变卖家藏度日。邓尔雅明白可园所藏的绿绮台琴也将会被张氏后人变卖。于是前来探访。看见琴已残破，于是花千金购下，希望琴以传人，人以传琴。

一把名琴历经几多红尘往事。邓尔雅一口气说了关于这把名琴的许多往事，众人感到无比地惊奇，一时间都在回味此事。

邓尔雅令人为三名黑衣人松绑，给三人送上一杯热茶，说：“我再给三位一次机会，你们若能弹奏此琴，也可放你们走。”

三人面面相觑，摇了摇头说：“在下仅粗通音律，怎会弹琴?”

邓尔雅说："那让我为三位弹一曲。"邓尔雅言毕，净手、更衣、焚香，对着名琴拜了三拜，端坐琴前，屏气静心，弹了一曲《云水禅心》。漫弹绿绮，琴声如水，不觉魂飞，顿觉身心澄澈。三名黑衣人善念丛生，想起家中父母孩子，心如刀割，想起曾经偷摸的恶行，心中满是愧悔，不觉间流出了眼泪。

一曲抚毕，三人跪在邓尔雅面前说："自感有罪，愿听老爷一切处置。"

就在此时又有三名黑衣人从房顶跳下，他们是负责望风接应的。听了琴声，善念如流，不想再做偷摸之事。这三人也跪在邓尔雅的面前说："甘愿受处置。"

回头是岸。邓尔雅面露微笑，令人给每人送上十两银子，让他们重谋正当职业。

送　礼

初秋的夜晚，山村静寂，江西兴国县麻石屯村民何申烟在赶制一面铜镜。何申烟是兴国县有名的铜匠，何申烟打制的这面铜镜要作为礼物送给兴国知县海瑞。再过几天，海瑞将赴京师任户部主事。海瑞是何申烟的恩人，没有海瑞，他早已含冤而死。

十年前的一个冬夜，何申烟的女儿何如花被麻石屯商人皮三的儿子皮八凌辱糟蹋了。何申烟到兴国县衙告状。知县汪夫贵只简单地询问了一番后，就让他回去等候消息。然而，一连等了几天，县衙没有丝毫动静。皮八趾高气昂地横行于村中，扬言他家有的是钱，没有办不妥的事。有曾进过县衙打过官司的村民悄悄告诉何申烟：汪夫贵很贪，只认礼不认理，要想告倒皮八，非给他送礼不可。

这是什么世道？悲愤莫名的何申烟长吁短叹，最终咬着牙把帮人制作铜器多年积攒下来的五两银子取出，来到县衙。正在衙内喝酒喝得脸像猴腚一样的汪夫贵用手掂了掂何申烟用布袋装着的银子，一脸不屑将银子丢在地上。

有好心的衙差暗中告诉何申烟：皮三已送了两百两银子给汪知县。何申烟这冤怕是无处可申了。

何申烟万念俱灰，夜里在家中喝闷酒，一边喝一边痛哭。一瓶酒喝完，醉倒在地上。那个可恶的皮八再次窜进何如花的卧房中，第二次凌辱了她。何如花跳河自杀，被路过此地的青泽庵掌门人度缘师太救起，于是随度缘师太削发为尼。

有冤无处申，闹得家破人亡，何申烟对贪赃枉法的汪夫贵充满了仇恨。他拿了两把菜刀，来到县衙，伺机把贪官汪夫贵捅死，但刚进衙门就被差役捉住。汪夫贵以谋杀朝廷命官的罪名把他投入监牢，报朝廷批准后，将要把他处死。

在平南任教谕的读书人海瑞是个嫉恶如仇的刚直之人。他联合万人给朝廷上了一份奏折，历数兴国知县汪夫贵贪赃枉法草菅人命的种种恶行。汪夫贵被查处，扳倒贪官的海瑞出任兴国知县。

海瑞通过明察暗访，掌握皮八凌辱妇女的种种证据，将他处死。其父皮三行贿，扰乱地方官员执法，一同问罪，没收其家产。海瑞又用了一年时间，重审积压多年来的三百余宗冤案，使许多沉冤得到昭雪。兴国百姓对秉公执法爱民如子的海大人心里充满了感激。

何申烟对海大人更是感激涕零。他要送一件礼物给海大人。他听衙差说，海瑞每日全力办案，时间一长，落下了颈椎痛疼的疾病。他精心打制一个铜枕，在铜枕中间放置药包，让海大人在睡觉中治好颈椎病的病症。但铜枕送了几次，都被退了回来。海瑞就任知县时已立下誓：不收百姓一根线，不取走树上一片叶子！

海大人是难得的好官清官。何申烟要在海大人离任时，送他一面铜镜。铜镜经过耐心打磨，刻有“清如水，明如镜”六个字。

到了海瑞离开兴国县的那天一大早，何申烟手捧铜镜来到县衙。县衙里却早已站满了前来送行的百姓，成千上万的人从各乡村涌来，上至白发老人，下至年幼的村童。一名衙差出来告诉大家：海瑞海大人说时下正是秋收时节，担心百姓赶来为他送行，误了农时，故而在前一天夜里不辞而别，悄然离去。

何申烟手捧铜镜，泪水长流。

曹操的一束头发

建安三年六月，曹操发兵宛城奉诏征伐张绣。其时，正是麦子成熟季节。田野里金色的麦浪随风飘荡，一起一伏，远看像一幅油画，近看像麦粒在排队，场面极为壮观。

曹操传令停止进军，把附近村庄种地的村民、各处驻守边境的大大小小的官员全部召集起来，开了一个现场会。曹操用他标准的男高音很很大声地说："各位父老兄弟、各位驻守边境的同事们，我曹某接到天子的命令出兵征讨逆贼，目的只有一个，就是为民除害。时下正是麦熟之时，但我军令在身不得不发兵，为了保护群众的利益不受到损害，特别是不出现伤农损农的情景。我在这里宣布一条铁的纪律，军部里的人不管级别多高曾立过多大的战功，凡经过麦田有践踏麦子的行为严惩不怠，当场处决。军法不是开玩笑的，大家一定要遵从。"

现场会开得相当成功，很多老百姓当场跪在曹操的面前感谢他制定的护麦护农政策。开完现场会，大军前行。曹操骑着一匹枣红马，眼睛黑黑的大大的，没怎么转，有点搞笑。正在麦田吃麦子的一只小鸟想捉弄一下枣红马。她悄悄地飞了过去，对着枣红马黑黑的大眼睛一啄。枣红马被突然的袭击搞晕了头，本能地头一偏一头冲进了麦田里，成片成片的麦子倒在了马蹄下。

完了！曹操两眼一黑，差一点从马背上栽下来。他心里很清楚，自己违反自己制定的军令，会死得很难看。曹军纪检部门的负责人安慰曹操："您是国家领导人、部队首长、全军统帅，出了一点过错怎能定罪?"

"你们当我是傻的?"曹操在心里暗骂纪检部门的负责人态度很坚决地说，"不行啊，军令是我制定的，我自己带头违反又不作出处罚，那后果是相当严重的。”

曹军纪检部门的负责人想想也对，又想了想说：“那就用割下一束头发当作是砍头。”

“这个办法行。”曹操用剑割下一束头发，用红布绑住，再用一根竹杆挂在麦田里，当作是砍了头再把头挂起来示众。然后让纪检部门把处理结果告知三军官兵，三军官兵听了都又惊又怕。曹操骑着枣红马又前进了，他割下的那一束头发还用一根竹杆挂在麦田里。在宛城做皮货粮油生意的商人张拢，赚了很多钱之后，还是天天想着怎样赚钱。他带人到田头现场收购麦子的时候，发现了挂在麦田竹杆上的那一束头发。弄清那束头发是曹操割下后，张拢骂道：他奶奶的，还收什么猪屁狗屁的麦子，这一束头发就可以卖出好价钱，顶过这一垅垅的麦子。

张拢把曹操割下的那束头发取了下来，拿回家里，让人订做了一个上等的楠木盒子，把头发放了进去，再拿到做珠宝生意的商人马达的家中，大声叫道“老兄，你不是做梦都被钱砸醒吗，你看我给你送钱来了。”

张拢说：“曹操位居丞相，是国家领导人、三军统帅，他的头发将会有很多人抢着收藏的。他的一根头发就等于是十两黄金。这一束头发你数数有多少根啊？”

马达被说动了，但是他有些疑惑：“既然这头发这么值钱，你还找我干啥？”

张拢露出了商人特有的精明说：“有钱要大家一起来赚。要让曹操这束头发值钱，需要的是炒作。我倒给你，你再一个倒过去，转了十手八手之后，我们两个再合资买回来，到了那时，曹操的这束头发就奇货可居，会很多有钱人争着来买，如果我没有猜错的话，最后连曹操也会把这束头发高价买回去收藏。”

马达很高兴，花了百两银子买下了曹操的一束头发，对外他声称用了百两黄金。马达还没来得及把头发再转出去，曹军已把主谋张拢抓到了军营。马达买回去的头发也被当成赃物取回。

曹军纪检部门负责人对张拢说：“你倒买国家领导人的头发等于泄露国家机密，性质恶劣，犯的是死罪。”

“你判我死罪，我认。”张拢说完取过一把刀，把他头上的头发割了一束下来，“我也学曹丞相的割下一束头发当作是砍头。”

曹军纪检部门无奈，不得不把张拢放了回去。曹操知道后，哈哈大笑了几声，叫人连夜送了百两黄金给麦田的主人，说当日践踏麦苗死罪已免，活罪难免，愿重金赔偿。

曹操太有才了，曹操的办法实在是高。张拢得知后长叹几声，变卖了家产后，连忙逃出了宛城。

药 方

暮秋时节，许昌城郊北风劲吹，天空阴沉一片。载着名医华佗的囚车徐徐驶入古法场。法场上挤满了人。他们是许昌的百姓，他们怀着沉痛的心情前来送名医最后一程。

把名医华佗送上绝路的是枭雄曹操。曹操军务政务烦忧，乱了心性，为掩饰其真实脸孔，他嗜酒如命，常一边喝酒一边自吟：“何以解忧，唯有杜康。”曹操因为操心过度，也因为酗酒过度，头经常发痛。手下找来名满天下的名医华佗。

华佗说，他已研制出了麻沸散麻醉术，能为丞相做开颅手术。

曹操疑心重，认定华佗借治病之名杀他。曹操起了杀心，但没有立即动手。其时，他正在招揽贤士网罗可用之人。无故杀一位名医，会令天下贤士寒心。

狡诈的曹操下了一道军令：令华佗做魏军军医。

悬壶济世解救天下黎民百姓，是华佗的心愿和志向。他岂能仅为魏军效力？华佗没有丝毫的犹疑，就断然拒绝了曹操的军令。

老谋深算的曹操早料到华佗会拒绝军令。于是，他以“拒绝征召”的罪名把华佗送上了绝路。

许昌百姓仍从四面八方赶来，人人脸上都带着戚色。在人群中，唯有庸医杨碌眯着两只鼠眼，发出了得意的窃笑。杨碌临街开了一间济世堂，用拙劣的医技骗取了前来求医者的不少银两。自华佗来到许昌后，济世堂顿时变得门可罗雀。华佗不仅医术高明，而且贫困者一律免费就医。杨碌对华佗恨之入骨。此刻，见华佗被诛杀，杨碌高兴万分，但他只能暗暗窃喜。他知道，若他稍微露出半点高兴状，那些悲伤的百姓立即会用雨点般的拳头将他打死。

午时三刻到，监斩官、许昌司马魏毕来一声断喝：准备行刑！

剑子手鲁二喝了一大海碗白酒，赤裸着上身，提着鬼头大刀走上了法场。一阵风吹来，鲁二的双腿打了两个寒颤。

华佗微闭着的眼睛突然睁开，他对魏毕来说：暂缓行刑！

魏毕来冷冷一笑说："华大夫，丞相令，杀无赦！此时此刻，后悔已莫及！"

华佗不屑地看了魏毕来一眼，回过头对站在身边的鲁二说："你双腿患有暗疾，需服药治疗，迟了怕会导致双腿残废。"

鲁二气冲冲地说："胡说，我身子向来健壮，每顿饭能吃二十个馒头，三斤牛肉，怎会有暗疾？"

华佗说："寒风吹来，你双腿发颤，此疾潜藏于你的双腿已有一段时日，只是你的体魄比一般人健壮，故而暂时没有发作。"

鲁二闻言将信将疑。

"医者，不忍心看到一个病人遭受病痛的折磨！"华佗说，"取纸笔来，我给你开一剂药方，你回去照方抓药，服上五剂，便可治好你的腿疾！"

药方写毕，魏毕来丢下一块令牌，大喝一声：行刑！

鲁二接过华佗开就的药方，放在嘴边用牙咬住，提起鬼头大刀朝华佗的头上砍去。

刀锋过处，鲜血如注。

"华大夫！"五千余百姓齐刷刷地跪了下去，痛哭道，"今后，我等患病该找谁诊治？"

华佗被葬在许昌古法场的后山上。

次年，清明时节，坟头上出了小草，有百姓陆续上山给华佗扫墓。

这一日，一彪形大汉拄着一根拐杖上山，大叫一声："华大夫，神医啊！"在华佗墓前长跪不起。

众人一看，原来是刽子手鲁二。在当年的暮冬时节，鲁二感到双腿开始发痛发麻，他想起华佗的话，心中大惊，急急找出那张药方，来到济世堂抓药。

见是华佗开的药方，杨碌心里很生气：这个华佗，临死还要与他争病人来治，真是的！生气的杨碌竟生了个歪念：抓药时故意在每剂药中少放了一味。他想以此来验证华佗是否像老百姓所说的那么神奇。如果少一味药也能治好鲁二的腿疾，杨碌将向许昌百姓公开这个秘密，以此来抬高自己的声望。

鲁二不知其中有诈，抓了五剂药回去吃了，病情得到控制。但因少了一味药，腿疾没有完全治愈，落下了右腿瘸了的残疾。

杨碌见是这样的后果，不得不暗叹：华佗，真是盖世神医！他担心鲁二知道真相后提着鬼头大刀前来跟他拼命。于是，收拾东西，悄悄溜走了。

一词退万敌

庆历二年八月，西北边陲重镇耀洲寒风呼啸，狼山关上草木枯萎。北宋军队与西夏国元昊军队正在进行一场生死较量。

镇守在狼山关的北宋军队只有五万人马。

大举进犯的西夏国军队却有十万之众。

西夏元昊平定部族之争后于元符二年称帝，经过数年休养生息后，国力渐盛，称霸之心日益膨胀，加之北宋仁宗即位后，国力日衰，窥视宋室江山日久的元昊于庆历二年一月下旨，以其嫡亲弟弟阿骨彦洪为兵马大元帅，率十万大军进犯北宋。

阿骨彦洪率大军长驱直入的作战设想在狼山关遭到了致命的打击。西夏军队于当年的二月到达狼山关，他们凭借优势兵力对镇守狼山关的宋军发动了十三次攻城战，但始终没有得手。西夏军队已折损一万人马，而宋军只伤亡千余人。

宋军善战，除了借助险要地形外，更在于人和。宋军的主帅是陕西经略安抚副使兼知州范仲淹。

中军帐内，范仲淹正在给将官讲为兵之道。兵者，国之守卫者，民之保障者，保家卫国，忠于职守，这是为兵之道。每到一地，每次临战前夕，范仲淹都要对全军将士讲为兵之道。他期望所有将士每时每刻都保持战斗的激情。他认为一场战斗的胜负，很大程度取决于参战将士的战斗的激情。范仲淹还教士兵要学会爱和恨，爱使将士无私，恨使将士无畏！

范仲淹的苦心得到很好的回报。宋军将士时刻上下一心，时刻保留着作战激情。面对强敌，他们心无杂念，他们面无惧色，他们的想法只有一个：打败敌人，杀死来犯的敌人。

宋军强大的战斗力令西夏军队连连受挫。西夏军中知道了文才武略的敌军主帅范仲淹。他们一提范仲淹的名字就感到害怕。

志在必得的阿骨彦洪陷入进退两难的局面。进军屡屡受挫，退兵又如何向朝廷交待？

西夏军队不再进兵，在狼山关外的山坡上安营扎寨，宋军与西夏军形成了对峙的作战局面。

月缺月圆，这一天是中秋节。寒风乎乎，圆月被浮云掩盖，胡笳声声，边陲山野一片萧杀。

焦灼不安，阿骨彦洪在帐中饮酒，他一连喝了五海碗高度高粱酒，双目血红，像喷血一样令人感到可怕。

范仲淹也坐在帐中饮酒。他很文雅地喝。喝完两杯，范仲淹来到案前，提起狼毫笔，填了一首词，是《苏幕遮》——

碧云天，黄叶地，秋色连波，波上寒烟翠。山映斜阳天接水。芳草无情，更在斜阳外。

黯乡魂，追旅思，夜夜除非，好梦留人睡。明月高楼休独倚。酒入愁肠，化作相思泪。

范仲淹轻吟一遍，范仲淹又轻吟一遍，声音低沉，有泪从他眼角渗出。

范仲淹突然传令，让全军上下共吟此词。于是，狼山关上，思乡之声汇成一片。

思乡之声传到敌营。阿骨彦洪酒醒了一片，他传令查探宋军的动静。

很快，阿骨彦洪手中有了一首翻译好的《苏幕遮》。阿骨彦洪亦通音律。细吟两遍范词，阿骨彦洪放声狂笑：天助我也！宋军将士恋家，军心涣散，军队已失去战斗力。

阿阿彦洪连夜升帐，下令天明时分，兵分三路，九万人马一齐发动攻城战。

阿骨彦洪话音刚落，帐外走进一人，大喝道："不准进军！"

阿骨彦洪一愣，抬头一看，慌忙跪下："皇兄，是你！"

来人是元昊。他从作战情报中已明白西夏军队遇到最强大的对手。

他担心九万人马的安危，于是，亲临前线督战。

元昊轻吟一遍《苏幕遮》，说："此词虽是抒乡思之愁，却透着视死如归的气概。范仲淹让宋军吟此词，用心良苦。宋军士气高涨，将士可为父老乡亲而战，可为心上人而战，可为民族大义而战。而我军长途跋涉，连战连败。士气低落，不宜再战。"

次日，庆历二年八月十六日，西夏军队全线撤退。

胆　识

荆轲十五岁，在卫国戚城的一间学馆读书。身材长高了，力气也大了，但是，胆子却极小。

荆轲的父亲荆虎是一位屠夫，在戚城以杀猪为业。一日，学馆提前放学，荆轲绕道前去看望父亲。进入屠场，见父亲正将一头肥猪拉上架子，举刀欲杀，肥猪本能地发出凄厉的嚎叫。

荆轲吓得浑身发抖，几乎是哭着哀求父亲："猪太可怜了，父亲放了它吧！"

荆虎闻言，将猪刀丢在地下，长叹道："你胆子如此之小，将来如何谋生？"

当夜，荆虎对夫人邓氏说：让荆轲结束学业，去练胆量。他取出杀猪多年挣到的十两黄金，张榜招募贤士，称只要能帮助荆轲提高胆量者，愿以十两黄金相赠。

云游而至的赵国剑客南宫缺揭了榜。他将荆轲带到离戚城三十里外的当阳山中。一连三天，南宫缺不给荆轲饭吃。荆轲饿得头昏眼花时，南宫缺取来两只山鸡要荆轲杀了充饥。

荆轲有些害怕，犹豫着难于下手。

南宫缺说："你不杀鸡，那就等着饿死吧！"

荆轲一咬牙将鸡杀了。一连半个月，南宫缺都是用这种办法磨练荆轲，饿他三天，然后逼他杀鸡。月余，荆轲杀鸡不再眨眼。

南宫缺又取来一条恶狗，使狗咬荆轲。荆轲大惊，撒腿就跑，在树林里转了几圈，荆轲体力不支。恶狗猛扑上去，对着荆轲的小腿就咬。小腿上的肉被咬掉一块，鲜血直流。危急时刻，南宫缺用暗器将狗制服。

荆轲伤愈，南宫缺又牵来那条狗，他交给荆轲一把刀说：“你不想遭其毒手，你就杀了它！”恶狗扑来，荆轲畏畏缩缩，边退边举刀抵挡，但脚遭野草一绊，他摔倒在地，刀脱手飞出，恶狗扑上来，在他手臂上又咬了一口，痛得荆轲大叫。

调养数日后，南宫缺复牵来恶狗。荆轲眼冒凶光，从师傅手中抢过利刀就向恶狗劈去。恶狗惧怕，撒腿逃走。荆轲猛追，直至将恶狗劈死。南宫缺威严的脸上露出了一丝笑容。

荆轲在南宫缺的调教下，一年余，胆量陡增，飞禽走兽举刀就杀。禽兽都惧怕他。荆轲回戚城探望父母，屠场的猪见他到来，吓得直发抖。

南宫缺却说荆轲仍须继续磨练。这一年五月，曹国的军队前来攻打卫国戚城。南宫缺闻讯带荆轲前去观战。

杀飞禽走兽与杀人毕竟是两回事。荆轲初时有些害怕，但是眼看曹国士兵用飞箭射杀了几名卫国守城的士兵后，他恨得咬牙切齿，浑身热血上涌，若非师傅抓住他的手，他定会持刀冲向曹军。

戚城守将暗中调派军队前来援助，曹军大败，被俘三百人。守将下令将俘虏全部斩首。荆轲闻讯竟去恳求守将让他担任执刑的刀手。

守将奇道：“为何？”

荆轲说：“不杀曹兵不能解心头之恨。”

守将破例允准。荆轲来到阵前，举刀猛砍，曹军俘虏倒下十人。复举刀再砍，又有十人倒下。

守将称赞道：“少年竟如此神勇，将来必成勇士也！”言毕，令人赐荆轲酒，以嘉其勇。

荆轲将酒一饮而尽，脸上凝集着怕人的杀气。他对守将施了一个礼说：“今后若再有斩杀俘虏之事，愿再效劳。”

南宫缺对荆轲说：“你的胆量已练就，但需练胆识。有胆而无识，逞的是匹夫之勇。有识而无胆，谋事多是空谈。有胆有识，始能成大事，故你现在要磨练胆识。”

南宫缺辞行，荆虎取出十两黄金相赠，南宫缺力辞不受，他向荆虎推荐燕国儒生公孙简继任荆轲之师，教他历练胆识。

荆虎取出黄金派人前去燕国请公孙简。公孙简去了中山国。来人赶

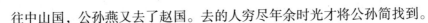

往中山国，公孙燕又去了赵国。去的人穷尽年余时光才将公孙简找到。

“胆识从何来?”公孙简道，“通晓义和理，即可成识。”公孙简取出《春秋》《孙子兵法》等书令荆轲苦读。

又是两年，荆轲通晓了书中的精髓，脸上那股骇人的杀气逐渐消失。

此时，戚城守军又抓获了百名曹国俘虏，派人通知荆轲前去充任刀手。荆轲称病坚辞不去。

公孙简问何故。

荆轲说：“利器扬于手，逞的是匹夫之勇，谋的是城下之事。利器藏于心，方是大将风范，可谋城上之事。”

公孙简甚喜，说：“功已成。”

公孙简在返回燕国的路上，碰到燕国太子丹去秦国做人质。公孙简对太子说若以后需要用人，卫国荆轲是有胆有识的勇士。

太子丹当即从身上解下配带的青风宝剑，请公孙简转赠给荆轲。

庞统竞选军委副主席

在那个叫做三国的年代里，三个国家都在不断地进行扩充军备的竞赛。其中以刘备同志为核心的蜀国大力实行人才战略，“广纳贤士”是刘备对外宣传的统一口号。

这个时候，无业青年庞统正四处流浪。庞统身高一米六，属标准的三等残废。皮肤黑黑的，脸上长着大胡子，在他面前说英俊两个字那等于是变着方式在骂他。庞统读了几年书，按学历等级来看，属于高中毕业。书念完后，他迷上了算命，跟江湖术士学了几年算命技术。准备另起炉灶单挑时，他年事已高的妈找到他泪雨滂沱说，与他从前订下口头婚姻合同的表妹吴美眉听说他跟人学算命，没事业心，在老乡面前口碑也差，铁心黄了这门婚事。

初恋还刚刚开始就亮起了红灯，感到郁闷的庞统像北漂一族一样选择了流浪。他离开家乡，来到都城，跟个体户打过短工，也曾为茶楼老板做过账房先生。他的运气也不是很好，不管是做那一种行业做了一段时间，不出半年他就会下岗。有时候，打工挣来的钱花完又没有找到新工作时，庞统就会用上他的算命技巧，在都城的北门摆上一个摊档。

都城的北门那是守卫在那里的保安的地头，庞统很识相，每次去摆摊，必用上两条命的钱来请保安吃东西。算一次命收费五元，庞统拿了钱买回十元的食品给两个保安，其中的五元东西还是欠账的，保安很感动。庞统的识相也得到了回报，保安就为庞统做宣传，见人就说北门有个算命先生道行高算得可准。这种民间渠道的口头宣传有时比在媒体上做广告还管用。

庞统算命的收入比入厂打工要好一些。但是，这样要混出人样，还是很难的。北漂几年了，庞统也由新青年变成了老青年，他当初到都城白手打工下的雄心壮志被磨平了。夜晚回到出租屋，他酗酒，猛喝五毛钱一斤的老冰烧，直到把自己灌醉为止。有时候，他一身酒气跑到街上找来一名三陪女做一些儿童不宜之事。庞统觉得他在不断地堕落变坏。

算命摊档生意刚稳定下来没多久，打仗了。老巢在北方的曹操同志带了八十万人马来打南方的刘备同志。刘备同志觉得这事摆不平，麻烦可大了。刘备同志听从了军委主席兼总参谋长诸葛亮同志的建议联合江东的孙权同志一起来抵御曹操同志的人马。

大战当前，都城的人关心的是刘备同志的人马能不能挡住曹操同志的人马，对于算命的事已没兴趣玩了。庞统坐了两天冷板凳，一气之下到江东谋生去了。江东的人不喜欢算命，庞统眼看就要露宿街头时，他谋到了一份做家教的工作，给一位女孩子上地理课。

女孩子的父亲叫鲁肃，官做得很大。庞统利用他与鲁肃进工作餐的机会大谈他在江湖上的所见所闻。鲁肃第一次听，觉得很新鲜。他觉得庞统是个人才，向孙权同志推荐。孙权说这样没学历没资历的人怎么能用。

鲁肃感到有些遗憾，他又建议庞统到刘备同志那里去应聘，并以朋友的身份给刘备同志写了一份推荐信。见鲁肃级别这么高的官员看重自己，庞统一度受伤的心灵得到了安慰，他的心态一下子变得膨胀起来。

庞统打听到刘备同志那里军委副主席虚位以待。他开始有步骤地竞选。庞统从在北门摆摊算命的历练中悟出宣传的重要性。他回到家乡找到当年教他算命技巧的授业老师水镜先生做他的民间新闻发言人。水镜先生充分利用他的工作环境，见人就说有一位才华横溢的大人物将出现在刘备身边。水镜的弟子按老师吩咐也对外统一了宣传口径。没过两个月，庞统的名字在都城竟如雷贯耳。正在前线指挥作战的刘备听到了这种传闻，就派身边的工作人员去找庞统前来面试。庞统却躲起来了。

新闻发言人水镜先生对外又作了一次新的发言：刘备同志一直说广纳贤才，但是却放着庞统这样才华横溢的人才不用，不知他是怎么想的?这样下去前来应聘的人才只会是越来越少。

这种舆论击中了刘备同志的脆弱部位，他最担心的就是招聘不到人才。他派出更多的工作人员前去找庞统。这个时候，庞统才装模作样的来到刘备身边。见庞统还拿出了鲁肃的推荐信，面试这关没进行，刘备同志就把军委副主席的聘用证书颁发给了庞统。

少年孙膑

夜黑风高，大盗梁山虎率百余名喽啰下山，准备洗劫隐贤村，把村中的金银，粮食还有年轻女子抢上山，把男人杀死。

进入村口，梁山虎有种异样的感觉，村子很静，村民差不多已进入梦乡，偶尔有犬叫，还有孩子的哭声。村子跟往常洗劫的村子没有什么两样，但作为江洋大盗的梁山虎却嗅到了另一种气息，这种静谧中含有某种等待和迎敌的准备。他下意识地回头望望那百余名喽啰，因为他觉得其中有人已将消息透露给了村民。但夜太黑，他看不清喽啰的脸。

梁山虎下令停止前进，派十余名喽啰到村口四周侦查一番。回报正常，他这才下令点起火把，开始进村洗劫。

几乎在梁山虎点起火把同时，隐贤村的后山上亦有人点起了火把，火光之中只见有人大声喊叫：捉拿大盗梁山虎！远望，林中尘土飞扬，似伏有大队人马。

梁山虎暗叫一声："不妙"！率百余名喽啰急急撤退。

回到山寨三天后，梁山虎才知道自己载在了一个十岁孩子的手中。那名孩子名叫孙膑。传闻五岁开始读兵书，甚有谋略。当日获悉梁山虎要来劫村的消息后，村民们害怕，想弃村而去。

孙膑却拦着村民说：大盗一来，必无完巢。丢下房舍离去，带不走的粮食等笨重东西必被洗劫一空，岂不是白白辛苦了一年？你们不必惊慌，我有退敌办法，村民们将信将疑，听孙膑安排。

孙膑带上数十名村民和孩童来到后山，令人割去杂草，放置柴堆，再在空地上堆放泥土。梁山虎准备动手之际，孙膑令众人把柴堆点燃，然后手握树枝，拍击泥土，远望火光冲天，尘土飞扬，像埋有重兵，因而将强盗吓退。

梁山虎自占山为王以来，从未失过手。这次失手是栽在一个孩子手中，他气得七窍生烟。当天夜里，他带着百余名喽啰复下山。为了挑衅，他特地派人提前送信给孙膑，他想看看这个孩子又有什么办法对付他。

下半夜，众贼来到了隐贤村，梁山虎下令点起火把入村。

火把一亮，后山上又是火光冲天，尘土飞扬，梁山虎一见哈哈大笑，骂道："被你这个乳臭未干的小子吓了一场，还想再吓唬本爷，做梦去吧！"他令一半喽啰进村，一半在村口警戒望风，梁山虎琢磨着今夜能不能找一两个年轻貌美的小姑娘上山，做他的压寨夫人。

半炷香工夫，一个脸上有血的喽啰从村中逃出来，叫道："中计了，房里都没人，有人的是官兵。进去的兄弟都被一刀做了。"

梁山虎一边下令撤退，一边大骂：孙膑这小子，爷一定会回来收拾你的！

孙膑第二次接到梁山虎前来劫村的消息后，他火速派人来到阿县求助，知县孙扬为难道："梁山虎盘踞山上为匪多年，势力甚强，本县仅有百余人马可供调遣，恐不是其对手。"

孙膑却胸有成竹说："百余人足以退敌！"他故伎重演，假象迷惑梁山虎，令他丧失警惕性，入村喽啰见状也丧失了警惕性。

梁山虎回山后休整了十天，然后将山寨的500余名人马悉数带下山，发誓要将隐贤村杀个片甲不留，以洗前两次失手的耻辱。

大队人马又在下半夜开进村口，一声令下，众贼将整个村子围住。梁山虎狂笑道："此次，定能踏平隐贤村！"

语音刚落，后山上火光冲天，鼓声大作，紧接着山两侧边也响起急促的鼓声。

有喽啰忙叫：山上有官兵埋伏！

梁山虎倒吸了一口冷气：阿县山高路远，这半日之间，从那调集到这么多官兵前来作战？

他惊疑之际，村中里面亦鼓声大作，呐喊声中，村头大门打开，一队官兵冲了出来。后山三个方向亦传来"活捉梁山虎"的呐喊声。

梁山虎担心中了埋伏，只得下令撤退。回到山寨，梁山虎怒火攻心，气得病了一场。他吩咐数名喽啰下山，去打听孙膑是用什么办法在短时间里调集到那么多官兵的。

数日后，手下回报梁山虎，当日与下山劫寨人马交手的官兵仍是上次的百余人。不过不同的是孙膑想出了以羊击鼓、制造声势的办法。他知道山贼倾巢下山血洗隐贤村的消息后，从阿县借来四十面大鼓，村中放置十面，后山三个方向分别放着十面，再将四十只羊的后腿捆好绑在树上，使倒悬的羊的前腿拼命蹬脚，羊蹄下面放置的四十面大鼓便鼓声大作，声势震天，似有千军万马，令人不战自怯。

梁山虎长叹一声道："一个十岁孩子能如此用兵，真是少见的神童!"他令十名喽啰下山给孙膑送去百两黄金，并下令从此之后山寨中任何人对隐贤村都要做到秋毫无犯。

阿县知县孙扬准备上报齐王，赏赐孙膑"神武少年"的封号，但派去的人都没有找到孙膑。

孙膑已被一名云游而至的长须老人收为弟子带走了。长须老人是兵法大家鬼谷先生。

唐寅作壁画

曹无真经吏部侍郎管展秋和翰林大学士沈臣的举荐，调任苏州太守。

地处太湖之东的大运河自境内通过，河湖纵横，水乡一色，物产丰富，苏州经济发展甚快，成为江南首富之区。经济发展促进文化的繁荣，吴郡成为文化发达之都会，汇聚了许多书画名家。谈诗论画之声传遍阡陌之间，风雅之音弥漫于吴门的上空。

曹无真赴任之初，觉得府衙徒有四壁，了无生机，与文化发达之都会极不相称。于是，赴任的第一件事就是装饰府衙，招募画家到府衙绘制大型的山水壁画，以此使府衙变得雅致起来。

作壁画整日要爬上爬下，非常辛苦，且时间又长，异常沉闷，画师们对此都不感兴趣。故告示贴出半月，无人前来揭榜。曹无真正为此事感到棘手时，苏州富商之子吴世阔登门举荐：太守府作壁画，唐寅当推第一人！

唐寅是吴县人氏，父亲从商，家底殷实，天赋奇佳的的唐寅苦读诗书。弘治元年，十八岁的唐寅举乡试考取了第一名。三年之后，他赴金陵参加会试，但是，在会试时，由于同窗好友牵涉科场舞弊案，孝宗皇帝震怒，唐寅被无辜地革除功名。

心灰意冷的唐寅回到故里苏州，不再锐意仕途，他拜老画师周臣为师，一边作画，一边混迹于青楼酒坊之中，过着放浪形骸的生活。放浪率性的唐寅在作画中延伸了这种个性。他画花鸟山水，亦工仕女，尤为出格的是还画宫伎歌伶，为时人所震惊。

苏州醉红楼歌伶江柔乃一绝色美女，为醉红楼之花魁。江柔习诗，擅画，她同唐寅成了至交。

吴世阔素闻江柔貌美，垂涎其美色，屡次前来醉红楼，一掷万金，买美人一笑，买美人的拥抱。

江柔不为所动，讥讽道："吴公子，钱多学问少，没甚情趣，不见！"

吴世阔恼怒，却又无计可施。此番太守府征壁画画师，吴世阔想出了一个一石二鸟之计，将唐寅征来干苦力活，让他斯文扫地。唐寅无暇去醉红楼，自己乘虚而入，将美人夺为已有。

吴世阔为封死唐寅的退路，他向曹无真建议改招募为下一道太守令，令唐寅作壁画，唐寅自然无法推辞。

曹无真认为此计甚妙，果真发了太守令。唐寅的朋友文征明要唐寅向曹太守言明身份，另觅人选。

唐寅却狂笑道："既作宫伎伶画，作壁画又如何?"他脱下长衫，换上仆人的打扮，欣然前往太守府衙。每日爬上爬下作画，身上脸上沾满油彩，弄得像个大花脸，样子甚是狼狈。

吴世阔见计策成功，甚是得意，有事无事总来观看唐寅作画，讥讽他风流倜傥如流水落花。他这样子跟叫花子没什么两样。言毕，大声狂笑。

"吴公子，笑声如此粗俗狂野，又是为何?"吴世阔正在得意之时，听到一声娇斥，是江柔在两名丫环的陪同下来看唐寅作壁画。江柔柔情万分，取出丝帕为唐寅抹去脸上的油彩，再取出香茗让唐寅解渴。美人万种柔情倾注于唐寅身上，吴世阔又嫉又怒，气得拂袖而去。

此后，吴世阔不再来看唐寅作画，江柔倒是风雨无阻，每日必来探望唐寅。

半年之后，府衙的壁画作了大半时，吏部侍郎管展秋和大学士沈臣出使金陵，曹无真前去金陵拜见恩师。一见面，管展秋便问："此去苏州，可曾见到画家唐寅?"

曹无真奇道："恩师，认识此人?"

管展秋道："当年金陵会试，我是主考。唐寅才高八斗，文章第一，只是牵涉科场舞弊案而被圣上革除功名。如此奇才，竟未能入朝从政，我常为此感到可惜。唐寅是吴门奇士，文思如泉，画艺亦是独步……"

曹无真闻言，连忙将唐寅征为画师作壁画一事告知管展秋。

管展秋甚为生气："你这般行事，太过草率。吴郡是文化都会，征吴中名士作壁画，此事传扬开来，你会背上怠慢贤才之士的恶名。此后对府中用人极为不利！"

曹无真甚慌，忙问管展秋："此事该如何处置，请老师示下？"

管展秋沉吟片刻说："礼贤下士，别无他法！"

曹无真回到苏州，立刻换上便服，前来为正在作画的唐寅磨墨调作画的颜料。

此事传出，百姓纷纷前来看热闹。此事亦成为苏州人议论的焦点。

昔日有高力士为诗仙李白脱靴，今有曹太守为布衣画家唐寅调颜料，更有绝色佳人江柔，红袖添香送香茗，唐寅真不愧为风流之士！

三十六岁的唐寅由此更是声名鹊起，一举成为名满天下的吴门画家。

阮籍求官

阮籍委托大夫嵇康给皇帝上表：兵部步兵校尉告老还乡，阮籍想补此缺，请皇帝恩准。

阮籍对嵇康许诺，事成之后，定请他痛饮一番。在阮籍的眼里，世间诸事，莫若喝酒来得痛快。阮籍原先是滴酒不沾的，后来，他不仅学会了喝酒，而且，每饮必醉。阮籍嗜酒如命，是被大臣钟会逼的。

阮籍名列竹林七贤之首，才高八斗，名声远扬。大夫钟会心生嫉意：此人一旦入朝为官，将会成为自己厉害的对手。钟会就寻思以商议政事为名把阮籍叫到府上，再从阮籍的言论中寻找罪状，将他置于死地。

钟会的用心很险恶。阮籍大惊：怎样才能避开钟会布设的陷阱？

阮籍有一位至交好友，名刘伶，终日以纵酒狂饮为乐。刘伶一喝醉就把身上的衣服全部脱去，光裸着身子在屋里晃来晃去。钟会知道后，找个机会，来到刘伶屋里，讥讽道：“你是礼教中人，如此光着身子成何体统？读书人的脸被你丢尽了！”

刘伶听了钟会的挖苦，却傲然道：“我以天地为殿厦，以房屋为衫袍，钟大夫怎么跑进我的裤子里来了？”说得钟会羞愧难当，灰溜溜而去。

刘伶对阮籍说：“欲解钟会之流的困扰，唯有喝酒！”

阮籍别无他法，依计躲在家里，天天喝酒。钟会每次登门，都见阮籍喝得烂醉如泥，酣睡不醒。阮籍在家中连喝了六十天酒，钟会见了就打消除掉他的念头。因为，他见阮籍如此贪杯，日日过着醉生梦死的生活，想必对他不会构成威胁。

阮籍的夫人尤氏见他纵酒，担心伤了身子，便哭着哀求他要保重身体，将酒戒了。

阮籍却道："世道如此险恶，不喝酒，又能做什么？莫非去深山隐居？"

尤氏见劝说无效，极度失望中，萌生一计。一天傍晚，她笑着对阮籍说："夫君不是嗜酒为乐趣吗？妾身酿了一缸好酒，请夫君畅饮一醉！"

阮籍大喜，立即随尤氏来到后院，只有一个能装五桶水的大酒缸。揭开缸盖，浓郁的酒香扑鼻而来。阮籍急不可待地将头伸进缸里。尤氏见状，猛地抓住他的双腿，用力一塞，阮籍掉进了酒缸中，尤氏盖上缸盖，再压上几块石头，只留下几个小孔。尤氏大骂道："你日日酗酒，此回让你喝个够。"

两天后，尤氏见缸中酒已见底，仅剩酒糟，阮籍头靠在酒糟之上。尤氏以为丈夫已死，伤心痛哭。片刻，阮籍缓缓抬起头来，笑着说："如此喝酒，也真过瘾！"尤氏见他嗜酒如此，对他撒手不管了。

阮籍见妻子对他喝酒很反感，就不在家里喝，想喝的时候就来到离他家不远的一个酒肆去喝。他的酒量日增，从初时的酣饮变成痛饮、狂饮。阮籍在酒肆喝醉了就跑到柜台边，在漂亮的老板娘身边躺下酣睡。老板娘不恼，美丽的脸上露出满足的笑容。

一日，阮籍在酒肆同一棋友下棋。棋至中盘时，仆人来报，老夫人去世了。棋友素闻阮籍是孝子，于是让他赶快回去，阮棋却坚持要下完棋才回去。棋毕，他又要老板娘打来三斗酒，饮完才回去，在灵堂上放声大哭，口吐鲜血，最终昏獗过去。

阮籍如此率性至诚，曹芳甚为欢喜。他曾数次托人传话给阮籍，让他出来做官，但都被阮籍谢绝了。因此，当大夫嵇康给曹芳上表转达阮籍补缺步兵校尉一职时，曹芳在廷上当即答应了。

刘伶闻知阮籍求官一事，很是生气。世事纷乱，朝臣如钟会之流不时布谗陷害良臣，阮籍竟垂青于一个步兵校尉职务，太没做人的骨气。刘伶一气之下，让仆人给阮籍写了一封绝交信。

阮籍接到信，径直来到刘伶家中，拉起刘伶就往外走。

刘伶不快地说：去何处？

阮籍神秘一笑说：步兵校尉衙。

刘伶被阮籍拉着走进衙内后院，不觉双眼放光。原来院中堆放着五百坛好酒。

阮籍哈哈大笑说：“我求官正是为了这些好酒！”

此后，阮籍和刘伶每日饮酒呼醉论诗。刘伶大醉之后写了《酒德颂》。阮籍亦在酒后写下了有名的《咏怀诗》。

第二年，藏在步兵校尉衙内的五百坛美酒被阮籍和刘伶喝完了，阮籍立即提出辞去步兵校尉一职。

名医孙思邈的疑难杂症

唐太宗生了一场大病，御医调治多日，收效甚微。皇后甚慌，忙宣大臣魏征入宫商议对策。

魏征说：“臣闻华原孙思邈是当代名医，善问疑难杂症，现圣上龙体欠安，应速召此人进长安。”

于是皇后令大将军武牧率领精兵百人，带上厚礼日夜兼程，赶往华原。

当此时，孙思邈正隐居于华原太白山上撰写《千金翼方》。孙思邈出身商贾之家，幼时曾习诗，期望能在崇尚诗风的盛唐成为一位杰出诗人。十四岁时，母亲患病，万贯家财散尽，母亲仍被病魔夺去了宝贵的生命。孙思邈改投医坛名宿杜可风门下，习医十年，悉得真传。二十四岁悬壶，医遍疑难杂症，成为杏林奇才。一晃二十年过去了，孙思邈云游四海，悬壶济世，足迹遍及涪州、明州、潞州诸郡，上至豪门达官，下至艺人乞丐，得其把脉问诊者不计其数。然而，尽管这样，被病魔折磨和夺去生命者也是不计其数。病人何其多，名医何其少！一位名医怎么可能医尽天下病人？

四十四岁的孙思邈回归故土隐居深山，开始撰写医书。他想只有将治病心得成书，广为散发，为习医者参考，为病者急时索方自诊，方能令普天之下的病者得到救治。

然而，圣命难违，才完成《千金翼方》中五卷的孙思邈被迫放下手中之笔，随武牧的快马来到都城长安。在御医紧张而又嫉妒的目光中为太宗把脉问诊。

六剂良药治好了太宗的重疾。孙思邈在驿站收拾行囊，准备辞行。

武牧和太监前来宣旨：名医孙思邈善用药方，治愈圣上重疾有功，任用孙思邈为御前太医，为圣上皇后专侍。

孙思邈大惊失色。武牧说太后见到孙思邈医术奇高，故有长留名医之心。

孙思邈说："我心系天下受疾病困扰之百姓，岂能困守皇宫？"

武牧一脸怒色道："违抗圣命，杀无赦！"

次日，孙思邈派人对太宗说，他突然得了急病，此病自诊，疑为绝症，恐无药可医。

太宗将信将疑。魏征说："这一定是孙思邈假意称病，以达辞官回归故里之愿。"

太宗脸有怒容，传命御医前去诊治，若孙思邈假病抗旨，定以严惩。

御医带着置孙思邈于死地的窃喜赶到驿站，只见孙思邈躺在床上，脸色蜡黄，说话有气无力。御医为其把脉，脉象怪异。问诊半天，证实孙思邈的确患上了病，但不知何病。

太宗闻报，令御医开药给孙思邈调治，半月，病况如故。

孙思邈再次派人禀告太宗：我这病已无药可治，望圣上体恤，乞还骸骨，允准回华原。

皇后则坚决阻拦，说不管发生什么事，决不能放孙思邈离京。

魏征说："太平盛世，不能将名医困死京师。"

太宗准奏，武牧奉命护送孙思邈回华原。

与当初赶赴长安时的速度相比，返回华原就非常缓慢。每日只走十余里，就停下歇息。从长安来到潼关郊外就走了足足一个余月。

孙思邈归心似箭，对武牧道："如此行程，在下恐病逝于途中。"

武牧却道："皇后有旨，顾念你重疾在身，固须慢行。"

孙思邈无法，只得听任武牧安排。

一行人来到雁门关时，百姓闻知名医孙思邈患重病，都纷纷担着食物补品前来探望。随行的士兵甚是感动，暗道：百姓的心紧贴着名医的心，若圣上见到这样的场景，也会感叹，以王者之尊恐也难于做到这样。

被感动的士兵为了达成名医早日返回华原的心愿，向武牧发难。武牧怒，取出密旨："如此慢行，乃是皇后之意。皇后还是怀疑孙思邈装病，故要在途中再察，若是装病，即刻带回长安。”

有士兵冒死将密旨告诉孙思邈，孙思邈不再催促行程，每日昏睡在马车上。三个月后，终于回到了日夜思念的华原。武牧回去复命。

孙思邈再上太白山，继续撰写《千金翼方》。两名弟子再见到名医时，都同时惊叫进来：“师傅入京时，脸色红润，此番回来，怎变得如此蜡黄?”

孙思邈长叹一声道：“为脱身返回太白山，我服了十味药令自身形成病状。因连服四个余月，毒素积淀导致脸容失色。”

两位弟子又道：“师傅莫非伤了肝脾五脏?”

孙思邈道：“正是。只因所带药物甚少，调治不及所致。此病因服过量药物所致，再用药调治，药药相抗，故一时难治愈。”

两弟子流着眼泪道：“医者父母之心。师傅为撰写千金妙方，不惜自毁身体，真令人唏嘘!”

孙思邈却安慰两弟子道：“如此正好称病，静心著书。”

孙思邈穷尽五年时光，终于写成了30卷《千金翼方》这本医学巨著。他将医著交由两弟子整理出版。他又埋头案前，撰写新的医书《备急千金要方》。

萧何避祸

丞相萧何处理完户部紧急公务回到相府已经是深夜了。关中的冬夜很冷，萧何的头发和眉毛上落满雪花，他清瘦的脸在夜色中显得更加憔悴和苍老。

相府门外一群人拦住萧何：“丞相，我等是关中百姓，如今皇上在前线作战，丞相废寝忘食筹集军粮送往前线。听说丞相身体操劳过度，染上恶疾，关中百姓闻讯都很不安，派我们作为代表带些当地偏方和粮食前来探望，乞望丞相多多保重身体！”

萧何感到一股暖流涌上心间，有泪从眼中流出。淮南王黥布于半年前发生叛乱，攻掠了汉中的十座城池。急报传来，皇上刘邦率兵五十万御驾亲征。丞相萧何监国。黥布的军队与刘邦的军队打了一场场仗，刘邦依靠优势兵力占据了上风。黥布军队退踞汉中狼头山。为绝后患，刘邦依计进行围剿，并声称不彻底铲除黥布的力量、消灭完一兵一卒决不还朝。平叛之战已有年余，刘邦尚难实现班师回朝的愿望。

两军交战，粮草至关重要。留守关中的萧何集中力量进行粮草的筹集。萧何体谅百姓之苦，不忍心靠增加税赋来实现筹集军粮的目的。他推出了垦荒扩种的办法，把狱中的犯人也带到山地开荒种上高粱玉米，犯人垦荒超过十亩地可获减刑。萧何在农忙时节也下田耕种。关中城北的北峰山经过垦荒成为了一个大粮仓。军粮筹集到了，萧何也赢得了百姓的拥戴。

萧何感激地对在雪夜中苦等他回来的关中百姓说：“感谢关中乡亲的挂念。你们怎么知道萧某身染恶疾？”

人群中有人说：“连日来关中有名的医生一个又一个到丞相府看病。

我们由此推断丞相贵体欠安。”

萧何一脸忧戚地说：“实不相瞒，萧何身体无恙。染上恶疾的是相府管家萧安。”

辞别了乡亲，进入后院，萧何衣服未换，就急急地看萧安的病情是否有所好转。

萧安是五年前来到相府的。他以近六旬的人生经验和处事阅历把相府的日常事务处理得井然有序。萧何对这位老人感激而倚重。

半个月前，萧安偶染风寒，一病不起。相府的医生用尽汤药，病情没见起色。萧何报吕后恩准，请来太医诊治，服了几十余剂药，萧安依然整日昏睡。

萧何感到管家这次生病非同寻常。他一刻也不敢再耽误，请来关中地区的名医到府上为萧安治病。但依然没有好转的迹象。他时而清醒，时而昏睡。

萧何进入萧安的房中，昏睡中的萧安微微地睁开了眼，轻轻地说：“老爷，奴才染病不能服侍您，还让您记挂，奴才心中感激您。”烛光下，萧安的眼角闪动着泪光。

萧安说：“老爷，不知你可知否？一场大祸正在逼近老爷，若避之不及，老爷将遭灭族之灾！”

萧何大惊道：“管家何出此言？”

萧安咳了咳说：“奴才听说皇上御驾亲征做出决策之前犹豫不决。他既担心前方的叛军，更怕有人趁他离开关中之时拥军自重。”

萧安喘了喘气又接着说：“皇上最担心拥军自重的人自然是老爷您！老爷是最先入主关中的，深得百姓拥戴，此番皇上平定叛乱，老爷亲自垦荒，又体恤百姓。老爷夜以继日操劳国事，尽职尽责，但您已位及人臣，高居相位，官位已无法再升迁了。而您承附百姓，皇上不会疑心您有更大的企图吗？”

萧何紧紧地握着萧安的手，说：“老管家一语点醒梦中人！请问老管家有何良策？”

萧安说：“自污！”

萧何于第二日正午带着十名相府随从来到关中城南的龙城钱庄对王

掌柜说："相府后花园须重修，但萧某已无余款，须向王掌柜借三百两黄金，而且是无息借钱！"

王掌柜一听面露难色说："丞相，钱庄就是靠利息维持生计，无息借款，这……"

随从怒道："丞相借钱，还要谈利息吗？"

王掌拒无法，只好借出自开钱庄以来第一笔无息银两。

萧何一走，王掌柜破口大骂：萧何依靠丞相的权势强行借钱。没过几日，全城都知道萧何强行借钱一事，百姓对他的好感慢慢减弱了。

再过几日，在汉中的刘邦也知道了萧何为重修后花园强行借钱招致民怨的事，他笑了笑对侍臣说："丞相也懂得敛财了！"

再过半月，萧安病逝。临死之际，对萧何说："丞相，告诉您一个秘密，奴才知道您不会起兵夺权，而且您也不会有这个想法，即使有此想法，您也不会成功。因为皇上安插了很多耳目在您身边。奴才就是皇上安插在丞相身边的耳目之一。"

萧安说完闭上了双眼，而萧何闻言却睁大了双眼。

乐师屈河

半边残阳斜照在黄沙古道上，一驾奔跑的马车在飞扬的尘土中若隐若现，颠簸前行。

马车上坐着一位五十来岁的干瘦老头。老头是个盲人。盲人是名满天下的乐师屈河。屈河布满皱纹的脸上写满了焦急的神色。

“到楚国的都城，还有多少路程?”屈河问马夫。

“大概还有三百里，五天的路程!”马夫不耐烦地答，因为一路上这个盲老头已多次重复问这个问题。

马夫是无法理解屈河此刻焦急的心情的。屈河如此昼夜兼程从秦国赶回故土楚国，目的只有一个，那就是向楚王报告：秦国大军准备入侵楚国!

而实际上秦国上下一派风平浪静，没有丝毫迹象表明秦国将起兵伐楚。屈河却感到这平静的表面中一场可怕的战争正在逼近楚国，因为屈河有一双超凡听力的耳朵!

屈河出身于楚国一个官宦之家，父亲曾为楚庄王府尹。他三岁习琴，十岁师从一代乐师卓音玄，至十八岁，屈河通晓各种乐器，精通各种乐曲，屈河成了闻名楚国的乐师。

一日，屈河和卓音玄坐在堂前畅谈音律。突然从远处传来一阵又一阵的哭声，哭声令人揪心。

屈河听到哭声，不由长叹不已。

卓音玄问：“为何如此嗟叹?”屈河说：“此种哭声，声音悲哀，不但是哭死别，而且是哭生离!”

卓音玄问：“你何以知道?”“这种哭声像完山之鸟哀鸣。”屈河说，

“完山之鸟养了四只小鸟，小鸟慢慢长大，羽翼渐丰，将要分飞到四海去，母鸟送别小鸟，鸣声如人之哭声，极其悲哀，因为母鸟与子鸟从此生死两别！”

卓音玄派一弟子去探问远处之人为何而哭。弟子回报：哭的是一中年妇人。妇人说：“丈夫死了，家里很穷，没办法，只有卖儿葬父。现在正同儿子分别。”

卓音玄称赞屈河听力聪敏，有心推荐他入朝为官。屈河却婉拒说：“乐师最大的乐趣在于音律，弟子无意为官！”

二十五岁，屈河辞别恩师，独自一人进入深山密林。采集天地灵气，在大自然的怀中抚琴，屈河感到快意无比，他对音韵的感悟能力日臻至深。

三十五岁，屈河从大山深处走了出来。屈河本有一双明亮的眼睛。走出大山的屈河已成了一位盲人。是屈河自己使双眼失去光明的。对音律有超强感悟能力的屈河在追求一种至纯至美的音质境界。他躲进深山就是要摒除尘世的诱惑，他要使自己心无杂念，心静如止水。但是，明亮的双眼令他感受到太多诱惑的东西，比如娇美的女人，比如华丽的殿堂……于是，他近乎残酷而悲壮地自戕双眼。

失去双眼的屈河感到这世界仍然是美好的，因为他有一双超凡的耳朵。他用耳朵在感受音律的纯美与人生要义。

屈河开始周游列国。所到之处，备受欢迎。他与爱好音乐的人一起交流心得，一起吹箫抚琴。

秦威王九年，屈河来到秦国都城。夜晚，投宿于一家客栈的屈河被一阵琴声唤醒。屈河从床上翻身坐起，忙唤来店小二，问：“琴声从何而来？”

“是从大将军府传来的！”小二不假思索答道。

“你可知是何人所奏？”屈河再问。

“一定是大将军岳厉所奏！”小二续答。原来，秦国大将军岳厉亦精通音律。不知为何，近半个月以来，每临夜半，岳厉都到后花园抚琴。雄浑的琴声几次将客人吵醒。

屈河一夜未眠。次日一早，屈河雇了一辆马车直奔楚国。屈河从岳厉的琴音中听到了一种骇人的霸气和杀气，听到了杀伐之声，听到了一种统兵征战前的兴奋、焦虑和躁动不安的心跳。他还以特有的听力辨别出岳厉是背朝秦国面向楚国抚琴的，楚国是秦国起兵的目标！

经过一个月的昼夜兼程，屈河终于回到了楚国。

楚王为屈河的忠心报国所感动，但是，他又不太相信屈河的判断，因为屈河是个盲人。

“大王，草民虽然眼睛看不见东西，但我的耳朵已代替了我的眼睛。”屈河不慌不忙说，“大王，可以作个测试。”

楚王说：“如何测试?”

屈河突然问：“大王，你可否听到琴声?”

“琴声?”楚王愕然道，“哪里有人抚琴?”

“草民闻到了琴声！”屈河说，“后宫有人正在抚琴，若没有猜错的话，她一定是大王的夫人。她弹奏的是《挽歌》，琴声哀愁凄婉，似在思念故去的亲人……”

“妙！”屈河话音刚落，楚王赞道，“屈先生听力非凡，天下少有！”原来，楚王早朝前，夫人丘氏对他说要抚一曲《挽歌》以表达对早逝姐姐的哀思。

楚王下令在要害部位部署重兵。两个月后，秦国果然派岳厉率十六万大军大举入侵楚国，被早有准备的楚军杀得大败而逃。

乐师屈河用一双耳朵使楚国解除了一场亡国危机。

树上有一双眼睛

吴国申城城北有一棵千年古榆树。树干粗大，数人合抱不过来。枝干如伞状伸向四边，但叶子稀。

榆树旁边是一座破落的府第，那是大夫伍子胥的府第。榆树的半腰上挂着一双眼睛，眼球用丝绳吊着，附在树干上，阳光照着，眼睛发出令人眩目的青光，那是大夫伍子胥的眼睛。

吴王夫差征服越国之后，对于帝王霸业不再苦心经营。越王勾践以战俘的身份来到吴宫服苦役。三载期满，夫差缺乏长远考虑要放勾践回国。

“大王，放勾践归国，那等于把一只费尽力气抓回来的老虎关了一段时日再放回山里一样。”伍子胥向夫差陈述放勾践回国的种种危险。

夫差似乎被伍子胥说动了心，说：“让本王再想想！”

勾践的使臣在当天夜里来到了伍子胥府上，对伍子胥说：“伍大夫若一意孤行阻拦越王勾践归国，那下场就是身首异处！”

伍子胥大怒，把使臣痛打了一顿，赶出府门。

当天夜里，西施和夫差在尽鱼水之欢时，西施说：“听闻大王准备放越王归国，伍大夫极力阻拦。伍大夫这样做，那是陷大王落入不守信诺、被普天下指责的境地！”

夫差采信了西施的说法。次日上朝，夫差再次宣布放勾践回越国。伍子胥迫不及待地劝谏：“若放勾践归国，那将来越国一定会灭了吴国！”

“危言耸听！”夫差有些忿怒说。

伍子胥见吴王不当一回事，心中着急，大声说：“若大王执意要放勾践回国，那先把下臣杀了！”

“你以为本王不敢!”夫差被激怒了，从身上拔出青锋配剑，丢在伍子胥面前说，“你想做忠臣，本王成全你，赐你一死!”

伍子胥咬咬牙说：“大王一定会后悔的!”他捡起宝剑，来到午门外，用短剑剜下自己的双眼，令家臣挂在榆树上，然后自刎而死!”

伍子胥的那双眼睛挂在榆树上，日晒雨淋，风吹雨打，眼睛竟然完好无损。那双眼睛一直圆睁着直视着都城的正南方。若越国的军队进攻吴国，它第一眼就能看到。

吴国的百姓开始谈论树上挂着伍大夫眼睛的事，百姓纷纷来到申城，一探虚实。看到那双挂在树上发出眩目青光的眼睛，观者暗暗落泪，都恭恭敬敬地跪在树下，向眼睛磕头。

吴国有个珠宝商人认为伍大夫的这对眼睛是无价之宝，若把它取回来，用黄金做柜架，边镶白玉，里藏双眼，可做成稀世珍宝。

一个月黑风高夜里，商人乔装打扮后来到申城，深夜时分，他爬上榆树的半腰，正要去取那双眼睛时，天空打了一个闪电，那双眼睛发出眩目的青光，就像两把凌厉无比的青锋宝剑突然直刺过来，商人恐惧至极，大叫一声，摔在树下，被人发现送回家中，商人调治数月，仍神志不清，见人就喊：有两把剑刺过来!

夫差的侍从搜集到了关于那双眼睛的种种流传版本后，向夫差建议：把伍大夫的眼睛取下来，随他的首级葬在一处。

夫差却狂笑说：“伍员是想看到吴国被越国灭掉。吴国如此强大，会让越国灭掉？就让伍员的眼睛挂树上，好好看吧!”

放虎归山的悲剧终使夫差尝到刚愎自用的恶果。回到越国的勾践点起了复仇的火把。越国在暗中操练军队，垦荒种地。随着军队的壮大，复仇雪耻的火把烧到了吴国。越国大军一路杀来，草木为之变色。

夫差听闻勾践带兵杀到，有一刻还怀疑手下慌报军情，待到确信之后，却又轻蔑地笑了：“败军之将，也敢言勇？这次活擒了勾践，定将他斩首!”

夫差派遣了几支军队前去御敌，均被勾践的虎狼之师灭掉。吴宫转眼就陷入范蠡率领的越军的包围之中。

绝望像潮水淋浸透了夫差的身心。恼悔成怒的他想起了伍子胥自刎之时说的那句话："你一定会后悔的！"他拔出青锋宝剑，交给一名侍从，让他把伍子胥的那双眼睛取来。夫差临死之前有一个恶毒的想法：要吞掉伍子胥的那双眼睛。

侍从火速赶到申城，来到榆树下，却惊得了张大了口，因为那双挂在榆树上的眼睛不怎何时已长在树干上。侍从呆了片刻，回宫向夫差禀报，但他再没有找到夫差。侍从走后不久，越军攻陷了吴宫，夫差来不及吞掉伍子胥的那双眼睛就上吊自杀了。

越王勾践也听到了关于榆树上悬挂伍子胥双眼的种种版本。他交给范蠡一个任务：灭掉吴国后，去申城祭拜伍大夫的那双眼睛。

范蠡来到申城那棵千年榆树下，即又看到了惊人的一幕：树的腰身上都长着眼睛，分不清那一双是伍大夫的。

范蠡回到越国把看到的奇景告知勾践。勾践想了想说：把那棵榆树移到越国来种植。

范蠡带着五百兵士和能工巧匠把那棵榆树连根拔起，运回越国，在都城城郊的禹龙山下劈地种上。并派专人打理，但这棵长着眼睛的千年榆树却没有种活。

范蠡说可能是水土不服，勾践却笑而不语。

一种相思

夜凉如水，秋月憔悴。这是秋夜。京城赵府临近后花园有一间雅致的卧室，微弱的烛光迎风摇曳，幽兰在秋子的抚摸中散发出凄美的气息，令人陡然生怜。

一位中年女人正平躺在床上，其脸色苍白，气若游丝，她病了，她病得很重，但是可恶的病态并没有掩盖其清丽的容颜及独特的气质。她是一代女词家清照。

“夫人，你喝点水，好吗?”一名丫环上前，关爱地问。

“什么都不想喝。”清照无力地摇了摇头，随即猛烈地咳嗽起来。

“啊，有血!”丫环用丝帕擦去清照嘴边的血丝惊叫道，“夫人吐血了?”

名医贝逢春被赵府老管家连夜请来。

名医贝逢春给清照把脉。

清照时而清醒时而混乱的思绪在时光的隧道中倒流。“蹴罢秋千，起来慵整纤纤手。露浓花瘦，薄汗轻衣透。见客人来，袜刬金衩留。和羞走，倚门回首，却把青梅嗅。”清照十八岁与赵明诚结婚，恩爱时光是那样醉人，却又是那样短暂。成家才两年，徽宗赵佶下旨：大学士赵明诚赴莱州任职。赵明诚独自一人赴任。

思绪纤细，敏感多愁的清照从此掉进了相思的潮水中。道人憔悴春窗底，闷损阑干愁不倚。清照的心被一种牵挂纠缠着，时时刻刻，岁岁年年。她体味到了相思的隽永绵延，也体味到了相思的痛楚无奈。

三年之后，赵明诚莱州任期满，准备返回京城与清照了结相思之苦。赵佶再次下旨：赵明诚赴淄州任职，协助地方搞好军务边防，不准带家眷。

这是靖康前夜，金人正在虎视大宋江山。聪慧敏感的词人已嗅到了烽烟的焦味。她预感到了一场战争将随时会夺去心爱之人的性命。她的相思上升为焦虑不安，这种相思正在日甚一日地破坏她的健康。

把脉的贝逢春一言不发。把脉后的贝逢春脸色凝重。

清照凄然一笑说："大夫，我这病怕是无药可治？"

贝逢春无言以对。在这个才华横溢情重义深的女人面前，他连善意撒谎的勇气也没有。

贝逢春来到客厅，赵明诚的母亲赵老夫人焦急地等在那里。

"久思成疾，忧伤过度，经脉不畅，脾脏遭受重创……"贝逢春摇头说，"回天无力，准备后事吧！"言毕，匆匆告退。

京城较有名的邱大夫伍大夫随即都被老管家请到府上，随后，他们也如贝大夫一样匆匆告退。

绝望的赵老夫人瘫坐在椅上，浊泪纵流，心头被白发人将送黑发人的巨大悲哀笼罩着。

一个月转眼而过，京城的深秋寒意逼人。名医贝逢春又一次来到赵府。名医敬重女词人的才情，更敬重其多情重义。名医穷尽月余时光，搜寻民间秘方，配了几味新药，期望能产生回天之效。

老管家却告状贝逢春："夫人病已告愈"。

贝逢春大奇。他让老管家带路，准备再次给清照把脉。

来到夫人卧房，清照已到后花园种兰花去了。贝逢春见桌上有一首刚填罢的新词，是《一剪梅》：红藕香残玉簟秋。轻解罗裳，独上兰舟。云中水寄锦书来？雁字回时，月满西楼。花自飘零水自流。一种相思，两处闲愁。此情无计可消除，才下眉头，却上心头。

贝逢春没有再找清照把脉。因为，他确信清照的病已告愈。

当夜，贝逢春在施药日志里写下了这样一段文字：一种相思是一种病，一种相思是一种无药可施的病，一种相思又是一剂药，是一剂适合自疗的最佳之药。

鱼玄机

药师鱼在河与十五岁的女儿鱼玄机反目是在晚唐咸通十一年暮春时节。烟花三月，长安城中丽日春阳，风姿绰约的鱼玄机在梨花树下对镜把妆。

丞相府补阙李亿的迎亲轿子进入药师府的前一刻鱼在河在尽一位严父的责任对女儿说：若决意随姓李的过活，今后就不必再回药师府。

李亿是在半个月前来到药师府的，他找鱼在河为丞相开几剂益寿药。药师府里种满了花草树木，庭院上空香气袅袅。梨花树下，花瓣满地，十五岁的鱼玄机正站在梨花树下吟诗，她的背影是澄澈的净。她一回头，李亿看到的是洁白无邪的纯。二八年华的鱼玄机青春绽放，衬着一地的落英，让阅花无数的三十岁补阙李亿恍似进入仙界。

鱼玄机含羞中看到李亿穿一袭青布夹衣，一副书生打扮，脸色白皙，异常的干净，双眼黑而深，一双眼睛与她所见过的男人不同，发出了迷离的光，令鱼玄机感到有几分晕眩。

李亿也习诗，那一天在梨花树下，他们谈诗，吟诗。鱼玄机感到这位书生打扮的男人甚具诗才。十五岁的鱼玄机心想嫁给一位能与自己谈诗、吟诗的男人应是一件幸福的事。

鱼玄机与李亿私定终身令药师震怒。李亿已是有妻室和一房妾室之人。鱼玄机只能以二房妾室的名分嫁入李府。那个时候，鱼玄机习诗数年，善舞能歌，是长安城中色艺双绝的名媛。鱼在河深信凭女儿这等姿质作为正室嫁与大户甚至达官也决不在话下。鱼玄机屈尊为妾的选择令鱼在河以亲情决裂作为对抗的条件。

鱼玄机没有犹豫地走上了李亿抬来的迎亲花轿。十五岁的少女对爱

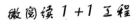

情的向往胜过对亲情的珍惜。而实际上，纵是再有才华，十五岁的少女对爱情的理解始终是肤浅的。这必然导致选择的盲目性和片面性。

当鱼玄机躺在婚床上，看着李亿在温柔中迸发的暴力倾向时，她猛然想起父亲那暴怒的脸容，她对自己的选择顿时感到有些迷惘和慌乱。她慌忙用纱衣将胴体包围住，她为延长自己的少女时代而对李亿说：须等到下雨天里，才能圆房，此是鱼家留下的规矩！

李亿将信将疑，他强忍心头不快以显示他对鱼玄机的爱。她希望天一直不要下雨，但她又渴望天早一点下雨。

雨是始终要下的，鱼玄机由少女变成少妇亦是迟早的事。了却了心愿的李亿带鱼玄机登大雁塔、游曲江，将芍药园中最美的黄色芍药簪在新妾的鬓边。万种风情的鱼玄机成为长安城一道亮丽的风景，她迷醉幸福发出铃铛般的脆笑令正在踏青春游的王孙公子一时无法动弹。

鱼玄机回到李府时，后院已经起火，有两个女人在后院窃窃私语，那是李亿的正室范氏和妾室张氏。为了达成某种目的，她们决定对鱼玄机下手。这是两个极有心计的女人，她们在不动声色中下手，她们对鱼玄机笑，鱼玄机不知她们笑里藏刀，她们称赞鱼玄机聪敏多才，鱼玄机亦不知她们另有所图。

李亿也没有想到正室和侧室准备算计鱼玄机。他为李府妻妾相安亲如姐妹的假象所迷惑，乃至沾沾自喜。范氏为初计生效窃喜，她开始挖掘陷阱，在某个下雨天李亿与鱼玄机一起吟诗的时候，范氏和张氏提议，一起喝酒吟诗，李亿答应，滴酒未沾的鱼玄机拿起了酒杯，喝下了人生的苦酒。

于是在李府的后院，常常可以见到老爷和妻妾一起喝酒吟诗的场景。在某次李亿有几分醉之时，范氏又提议请一名酒师前来侍酒，李亿随口应承，穿着青绿长袍，像一只肥硕青虫的酒师马刺来了李府。

一个秋夜，李亿一家人像往常一样在喝酒，李亿有几分醉意时，范氏猛然省悟的样子对李亿说：“忘了一个要事，下午相府来人通知相公速速过府议事”。

李亿立即更衣前往。相府那里根本没有通知李亿前往议事，李亿满腹狐疑地回到府上时，酒席已散去，妻妾亦各自回房。李亿来到鱼玄机的寝室时，看到了不敢看的场景：鱼玄机和马刺双双躺在床上，酒未醒，衣未穿，马刺流着口水的丑陋醉态令李亿几乎作呕。

李亿没有深究这幕正室范氏和侧室张氏一手导演的惨剧。万箭穿心的李亿给鱼玄机写下了一纸休书后，就走出了府门，到长安城南的露花楼买醉去了。

色艺双绝的长安美女鱼玄机成了无家可归的人，这一年，鱼玄机年方十六。

鱼玄机来到了长安城外的咸宜观，束发修行，成为观中最年轻亦最美丽的女道士。这一年是咸通十二年。暮秋时节，长安城中，百花飘零。

苏秦纳妾

苏秦游说秦王采纳其连横之策的行动失败。苏秦在秦国活动长达三年，先后十次上书两次进宫说秦王，陈述连横之策的重要性。秦王已被说客说烦了心，于是断然拒绝苏秦的游说。

无计可施的苏秦只好回到了洛阳的家中。他所带的盘缠全部用完了，出门时穿的貂皮大衣换成了粗布衣衫，脚蹬草鞋，扛着盛东西的口袋背着书箱，憔悴不堪，样子非常狼狈。

家人见苏秦这副贫困潦倒的样子，都大失所望，父母气得不跟他说话，妻子暗骂苏秦没本事，白白浪费了几年好时光，一事无成，一气之下，不仅不跟他说话，连饭也不给他做。

“父母不把我当儿子，妻子不把我当丈夫，奈何?”苏秦心中又愧又悲伤，他转身去找妾氏胡姬，希望能从她那里得到理解和安慰。

胡姬年方二十，美貌如花。能吟诗，善抚琴。其父在洛阳城设馆讲学授徒，与苏秦素有交往。一日，苏秦到馆中与胡父下棋。胡姬见苏秦英俊潇洒，举止谈吐不俗。竟一见倾心，主动提出要托付终身。

苏秦说：“我已有妻室。”

胡姬说：“你纳我为妾!”

胡姬虽然年纪轻轻，却泼辣而有心计。她知道父亲不会轻易答应她下嫁苏秦为妾。于是，谎称已怀有苏秦的孩儿。果然，胡父听完一挥手就答应让她嫁给苏秦，并吩咐她今后不用再回家，胡姬不当回事。

胡姬自苏秦去秦国游说秦王那一刻开始就后悔自己当初的草率。嫁入秦家后，不仅过着粗茶淡饭的苦日子，而且还要独守空房，日子过得寂寞寡淡。年轻貌美的胡姬喜欢的是热闹光鲜好玩的生活。

身心俱瘁的苏秦在胡姬那里没有得到安慰，看到的是一张冰冷而陌生的脸。

胡姬说：“这种日子我不想再过下去，你把我休了吧！”

说着拿出了一纸事先草拟好的休书。苏秦有些悲伤说：“你再忍耐一些时日，过些时候，我能让你过上好日子。”

胡姬说：“这话我听得多了，心也冷了。”胡姬又使出当年的杀手锏，她告诉苏秦在他去秦离家的这段日子，她耐不住寂寞，红杏出墙，与洛阳城富商吴老爷的二公子私通。

苏秦闻言立即在休书上签上他的名字，然后把笔奋力扔在地下。

胡姬嫁给吴公子为妾，有人议论胡姬不守妇道。为了挽回被休的恶名胡姬故意对外人说，苏秦读书用功过度，累坏了身体，床笫之事已无能为力。

有好事的邻居谈论此事。苏秦的父亲气得暴跳如雷，他几乎怒吼着对苏秦说：“你不是自称说客吗？有本事去找胡姬和那些邻居论理去，直说到他们不敢再诋毁你为止！”

苏秦冷冷地看了父亲一眼，道：“我那里也不去！”苏秦把自己关在房里苦研太公吕尚《阴符》一书中的兵法谋略。夜里，读书感到困了，他就提起一把锋利的锥子刺自己的大腿，鲜血直流，苏秦已感觉不到痛，因为他心里盛满了耻辱，他要用鲜血来坚强他雪耻的决心。

苏秦苦读一年《阴符》，双腿被他用锥子刺得伤痕累累。他成功地揣摩出“合纵抗秦”的策略，于是来到赵国。赵王正为秦国日益强大所构成的威胁而担心。苏秦合纵抗秦之策当即被赵王采纳。赵王封苏秦为武安君，授丞相大印，并赠他战车百辆，玉璧百双，锦绣千束，黄金万镒。

苏秦带着财物又先后来到齐国、楚国、韩国、魏国、燕国去游说合纵抗秦之策。所到之处都受到国君的欢迎，都封他官职，授他相印。

苏秦带着六国的相印和大批财物返回洛阳。父母听说了，连忙打扫屋子，张罗酒宴，还到离城三十里远的郊外去迎接他。

胡姬闻知苏秦凭借合纵之策得到六国封相和无数赏赐衣锦还乡，竟然又逼着吴公子给他写了一纸休书，然后找到苏秦，要苏秦再纳她为妾。

苏秦的父亲非常生气，大骂胡姬寡廉鲜耻，要苏秦将胡姬辱骂一番后，把她赶走。

苏秦说："何必呢？当初你们不是也因为我穷困潦倒而对我不加理睬吗？胡姬所为，虽然过分一些，但也情有可原。再说，我用知耻而后勇的勇气和奋发而赢得显赫的地位，而且还使蔑视我的女人屈服，乃至主动前来投奔我，这何尝不是人生一大乐事？"

一席话说得秦父无言以对。

苏秦择日再纳胡姬为妾。可是，办喜席的当晚，胡姬却不见了踪影。胡姬留下一纸遗言，苏秦的大度从容令她无地自容，她悄然离开，终生不再见他！

寻找柳蕊

天宝十九年，扬州在清明节前进入了雨季。杨花纷飞，烟雨迷蒙。

淄青节度使幕府检校金部员外郎韩翃踏着烟雨前往城南。路上行人稀少，韩翃一言不发，眉头紧锁，脸色憔悴，郁闷和愁绪塞满了他的心头。

在城南的弯角处，韩翃撞在了一个人的身上。细看是一个尼姑，脸上布满了疤痕，奇丑无比，韩翃心念一动问：“师傅，你知道城北有个叫柳蕊的姑娘吗?”

尼姑闻名一愣，欲言又止，摇了摇头，独自走了，走得有些失态。

韩翃告假来到扬州已有两月余，他在寻找一个名叫柳蕊的姑娘，那是他的红颜知已。他找遍了扬州城的每一个角落，却不见伊人的芳踪。

韩翃是在天宝十三年赴长安京试羁留扬州而结识柳蕊的。那一年也是烟雨时节，韩翃来到了扬州。雨一天天地下着，韩翃留宿在城北的客栈里。清晨，他被一阵吟诗的声音惊醒，凝神细听，是一位女人，声音清脆怡人。

韩翃推开窗户，只见庭院的柳树下一位年轻女人正在吟读本朝诗人的诗作。女人身穿粗布衣裳，未妆，素面朝天，但那种清丽的美依然令韩翃惊叹。

年轻女人是客栈老板娘的女儿柳蕊。她天姿聪慧，五岁习诗，十五岁嫁作扬州商人妇。商人反对她习诗。年余，柳蕊自请休弃。回到客栈，柳蕊与母亲相伴，以作诗、吟诗为乐事。

一诗吟罢，柳蕊下意识地抬头看天上飘洒的雨丝，却看到了书生韩翃倚在窗前痴迷的模样，红晕即时浮现在她洁白的脸庞上。

韩翃情不自禁地走下楼来，手中有一首他新作的诗。善解人意的柳蕊接过他手中的诗，含羞地看了他一眼，就低头读诗。她显得有几分慌乱，清脆的声音多了几分颤抖。

那一天，柳蕊撑了一把花伞带着韩翃去城南的林壁。林壁有千余米，上面盖着琉璃瓦，供诗家题诗。柳蕊常独自到林壁抄写新诗，拿回客栈吟读鉴赏。林壁四周种着柳树，计有千余棵。三月柳林晓风，柳林显得风姿绰约。

柳蕊含羞地看了韩翃一眼说："韩公子，你在林壁题一首诗如何？"

韩翃深情地看了柳蕊一眼说："就题一首《赠柳氏》送你——扬州小雨润如酥，草色遥看却似无，最是一年春好处，章台烟柳滴玉露。"

韩翃在扬州羁旅两月，夏阳驱散了烟雨，韩翃前往长安应试。临行，两人又来到千柳林。韩翃把柳蕊拥在怀中说："京试毕，即回扬州完婚！"

柳蕊脸浮红晕说："长安繁华，公子此去切莫教乱花迷眼。"

韩竑说："京试毕，不管及第与否，翃都会及早赶回。"

柳蕊又有些担忧说："世事难料，我与娘亲操持客栈。若生意清淡，难以为继，客栈关门，只有另觅住处。公子回来，在客栈就找不到蕊儿。故蕊儿有个想法，他日若公子找不到蕊儿，请到林壁题诗一首，蕊儿见到诗后即会跟公子见面。"

韩翃来到长安，京试登进士第。玄宗召入翰林。三月余，韩翃心系柳蕊，准备向玄宗告假，始料不及的是，安禄山、史思明发动叛乱。攻陷洛阳，兵进潼关。玄宗带着群臣逃往蜀川。安史兵变令大唐江山变得风雨飘摇，也使韩翃与柳蕊的婚约变得遥遥无期。

战火熄灭已是数年之后的事。从蜀川入淄青幕府僚的韩翃备受相思之苦。他告假前来扬州，寻找日思夜念的伊人，实现婚诺。但是，扬州城还在，城北客栈却已易主，柳蕊母女已不知去向。

烟雨一直下个不停。韩翃走遍了扬州的大街小巷。清晨离开客栈时满怀希望，夜里回到客栈时心里塞满的是失望，甚至是绝望。清丽脱俗的柳蕊已芳踪难觅。

韩翃始记起柳林中的林壁。杨柳在烟雨中显得一片凄迷。韩翃在林壁中题写了一首词《寄柳氏》：章台柳，章台柳，颜色青青今在否？纵使长条似旧垂，也应攀折他人手。

书毕，韩翃泪水涟涟，他回到客栈，苦等柳蕊的音讯。

次日早，失望的韩翃带着几分希望再次来到林壁。一瞬间，他激动得全身发抖，《寄柳氏》旁边有人题写了一首词：杨柳枝，芳菲节，所恨年年赠离别。一叶随风忽报秋，纵使君来岂堪折？

“是谁题写的？是柳蕊吗？”韩翃半响喃喃自语。

“是一位尼姑题写的！”一位在林壁读诗的长者回答了韩翃的疑问。老者说，他常在这里阅诗，也见到一位尼姑常来读诗。尼姑脸上布满了疤痕，尼姑出家于城东法灵寺。

韩翃一路狂奔来到了法灵寺。掌门师太看了他一眼说：公子终于来了！师太告诉韩翃，安史兵乱，柳蕊惊忧自身美貌遭兵掳受辱，故削发毁形，出家保全洁身。可是，保全了洁身，却又毁了容颜，柳蕊自惭不愿再与韩翃相见。

韩翃孑然一身走在扬州的路上，雨水和泪水打湿了他的双眼。

扬州三月烟雨正凄迷。

司马相如谋爱

五月的成都草长莺飞，二十八岁的文学青年司马相如在省城失业了，他带着原来的秘书吴回回到家乡临邛县寻找再就业的机会。

临邛县有一位商人姓卓，名王孙，生意做得很大，连续两年名登全县富豪榜榜首。司马相如在省城工作时主要是为成功的官员及商人谱写一些歌词，其中不少是主旋律作品。回到家乡的司马相如决定重操旧业。他挑了一个阳光灿烂的日子与吴回一起到卓王孙的府上用毛遂自荐的方式联系工作。

生意做得很大的卓王孙很忙，找他办事的人一拨又一拨。司马相如被卓的秘书挡住了，说没有预约的人要排队等候。会客室后面有一个小型公园，里面的花啊草啊开得长得很青春。心情有些郁闷的司马相如一头扑进了小公园的青春怀抱里。

进入公园的怀抱里，他见到一位二八年华的漂亮美眉在一名女工作人员的陪同下，正在公园里荡秋千。漂亮美眉是卓王孙的女儿卓文君。出嫁没多久，丈夫得了不治之症去世了。婚姻自然解体的卓文君又回到了从前的家里。很多事都像没有发生过一样，但她的心情却很难回到从前。

见到这样一位风姿绰约的漂亮美眉，司马相如两眼发光。他拉着吴回的手走出卓府，连声说："我要娶那位漂亮美眉。"

吴回有些生气说："相如同志，我想提醒一下你，你现在还没找到工作，饿着肚皮就别想娶媳妇的事！"

"找工作与娶媳妇是两码事，你不懂的。"司马相马回到住处后，不顾吴回的反对，按当地的民间习俗，让吴回带着礼物到卓府去提亲。

傍晚，吴回浑身无力回来，说："漂亮美眉就是好，有钱的漂亮美眉更值钱，别看卓小姐是二婚头，前去提亲的竟然像上门去联系业务的一样多。我排了一天的队竟然连卓老爷的脸也没见上。"

司马相如很失落地说："你明天再去。"

天黑时分，吴回一脸绝望又回来了。

正等得心急如焚的司马相如问："又没见上？"

"见到是见上了！"吴回摇了摇头说，"迟了，卓老爷已把漂亮美眉许配给城北的钟家大少钟意行，钟家也是做买卖的，生意也做得很大。我想据理力争一下，说你如何如何喜欢卓小姐。卓王孙打断我的话头，问你是做什么生意的。我说你不做生意是一位比较有才华的文学青年。卓王孙冷冰冰地端茶送客。"

"娶不到她，我会死的！"住在临邛客栈的司马相如失魂落魄，他得了一种可怕的病，那种病叫心病，他被这种病折磨得生不如死。

唉，文人怎么都这个德性？吴回暗中骂了司马相如一阵，还是提醒他在卓文君与钟意行生米还没做成熟饭之前赶紧想想其他办法。

司马相如有一位同学叫王吉，刚刚当选为临邛县县长。司马相如找到王吉说："你得帮我想想办法，不然我死定了。"

王吉说："读中学的时候，你为追一位漂亮的女同学差点割脉自杀。这么多年过去了，又为一位结过婚的女人要生要死，值得吗？"

"你没爱过，你不懂什么叫爱情！"司马相如像遭受了污辱一样，气冲冲地说，"你肯帮就帮我，不帮就算了，我不愿听你这样说话。"

王吉哈哈大笑说："跟你开玩笑的。我是你的同学，我能眼看着你被爱情折磨而死而不管吗？你说，要我怎样帮你？"

司马相如说："现在做事情都爱讲策划。这事要谋划谋划。"

王吉说："找老婆也要策划？那岂不是不择手段。"

"善意的谎言是能得到上帝的原谅的！"司马相如说，"过程与方法怎样不重要，重要的是我不欺骗不辜负她的感情就行了。"

见面的第二日，县长王吉按事前策划来到客栈拜访青年才俊司马相如。司马相如竟不见他。

第三日，县长王吉按事前策划又到客栈，司马相如仍不见他。

一连半个月，县长天天去客栈拜会司马相如，司马相如都称病不见。这消息通过吴回别有用心的方式发布出去，整个县城都知道此事。从省城来的青年才俊司马相如名声大振，商人与官员也产生了拜会他的念头。

生意做得很大临邛首富卓王孙更是当仁不让，在家中设宴宴请县长王吉及青年才俊司马相如，同时还叫来上百名临邛名流前来作陪。县长王吉先到，司马相如有预谋迟迟不来。县长说，司马先生是尊贵的客人，他没有来，我不敢吃东西，说完还到路口去迎接他。

一身长衫文雅打扮、显得风流倜傥的司马相如一登门，在座客人都称赞他仪表堂堂，气度不凡。吃了饭喝了酒，王吉按事前策划说，听闻司马先生琴技了得，也让我们饱饱耳福。司马相如半推半就一番后弹了一曲《空月》。表达的是独自一人很孤独，渴求佳人能出现。渴求能找到漂亮的美眉为知音。

司马相如经过一番刻意的炒作已成为县城的名人。卓文君得知司马相如要来她家里吃饭。早躲在一边暗中打量她，当场被他的风采所打动。听了他的琴声，一下子坠入情网。司马相如别有用心又弹了一首《凤求凰》。然后找个借口溜出，找到卓文君的生活秘书代捎口信给卓文君，说他是如何仰慕她，对她是一见钟情。

当天晚上，大胆追求幸福的卓文君竟到客栈去会司马相如。她用“煮饭”的接头暗语与司马相如接上头。司马相如说了一大堆甜言蜜语，卓文君就找不着北了，司马相如成了她的风向标，两人紧紧地拥抱在一起。司马相如又说了一堆调情的话后开始“煮饭”，把生米煮成熟饭。煮完饭后，卓文君说，父亲已把她许配给钟家，要他答应这门婚事很难很难。为了今后能天天在一起，两人连夜选择了私奔。

吴回是在第二天客栈老板来讨欠下一个月一千多元房费时才知道司马相如与卓文君连夜私奔了。他大骂司马相如见色忘友。最后，房费还是县长王吉吩咐办公室主任前来埋单。

打捞猫儿眼

明朝万历二十年某月某日，到京城混张文凭的青年书生李甲无心向学，经常在京郊的意华楼喝酒听歌。他凭着老实的长相赢得了意华楼头牌杜十娘的好感，两人谈起了恋爱。

万历二十年某月某日，瓜州青年书生李循到老师江洋家中请教散文及诗歌写作方法。江洋有个女儿，十五岁了，脸儿白白的，腰身细细的，眼睛亮亮的，笑容甜甜的，一千年后韩国那位万人迷的女明星金喜善就是她的翻版，她有个好听的名字，叫江蕊。

李循被美女冲昏了头脑，他全然不顾老师在旁，也不念及他的身份，找不着北很冲动地上前紧紧地握着江蕊那嫩嫩的小手，讨好她说："师妹，能认识你，李某我死而无憾!"

江洋没有忘记老师的职责，他黑着脸纠正道："认识一个人就死而无憾？这句话是病句!"江洋脸黑黑的，但他不懂黑色幽默。

江蕊羞红着脸抽回自己的手，转身走进了里边的房子，李循的心中有了想法。

李循平时十天半月向老师讨教一回的，认识师妹有了想法后，三天两头到老师家问些标点符号怎样用这些弱智问题。江洋对这个学生突然变得蠢蠢的担心了几回。待弄情李循在打他女儿的主意后，他冷静地分析了形势。女儿长大迟早要嫁人的。李循这个小伙子学习用功，成绩也不错，若戒骄戒躁，考上大学希望是很大的。大学毕业，政府安排一个好的职位，过小康生活应不在话下。江洋分析一番后就默许了李循的想法任其自由发展。有时，他还找个借口回避，让两个青年有个轻松的恋爱环境。

李循和江蕊在一起相处的时候，李循总在说，江蕊总在听。李循见江蕊听得痴痴的，就抱着亲她，江蕊咯咯笑着躲开。

万历二十一年某月某日，谈了大半年恋爱的李甲和杜十娘商量回浙江绍兴老家去办结婚手续。他们坐船沿着浰河顺流而下，来到瓜州渡口时遇上恶劣天气，只好将船停靠在渡口。

做盐商而成为大款的问题青年孙富在渡口见到美女杜十娘后，好色的毛病顿时发作，他不顾一切把李甲带到船上喝酒，乘机向他罐输杜十娘的青楼身份以及回家之后将产生很恶劣影响，胆小的李甲害怕得直发抖。孙富提出用千两白银买走杜十娘时，李甲不讲原则竟同意。

这样遭人算计，杜十娘被气得说不出话。为了粉碎这两个可恶男人的不可告人的目的，杜十娘把她随身携带秘密装着的金银珠宝以及猫儿眼，祖母绿等名贵的宝物丢进江中，再纵身跳进江中，她的勇敢举动令瓜州渡口在场的所有人目瞪口呆，呼吸停止三分钟。

万历二十一年某月某日，李循想快刀斩乱麻，对江蕊说：咱们结婚吧，结婚好好玩的！

江蕊却轻轻地说：“不急，我总感到你对我的爱还不够真切！”

李循有一刻几乎停止了思维，他真想不到年纪轻轻的师妹竟有这么深的社会经历，她的谋爱智慧并不比李循差。

李循做出了一个出乎所有意料的决定：跳进江中打捞杜十娘丢进江中的猫儿眼。他要把打捞起来的猫儿眼送给江蕊。

那一天，围观的人很多，有些人说是李循通知去看的。渡口水深，李循从中午打捞到太阳下山，竟然真的在江的下游捞起了一颗猫儿眼。

爬上岸来，李循只说了一句话；“这颗猫儿眼送给江蕊！”说完他就晕了过去。

李循醒了过来，江蕊说：“我答应嫁给你！”

瓜州的老百姓在这个时间段都在说李循打捞猫儿眼的事。

万历二十三年的某月某日，第二次参加专业考试的李循发挥失常，没有被录取。逼于生计，他在岳父的举荐下，到瓜州城卢员外家中做家教。

李循的学生卢媚，是卢员外的小女儿，十五岁的她出落得异常的水灵。卢媚知道李循就是冒着生命危险跳进江中打捞珍宝送给心上人的青年时，对李循很崇拜，说："你好伟大哟，老师若你把那颗猫儿眼送给我，我也会嫁给你的！"

结婚两年家庭生活趋于平静的李循听了学生的表白，看着她那天真清纯美丽的脸，竟产生了想法。家教做了一段时间后，李循终于不可遏制地迷失了。

在一个太阳灿烂的日子里，李循做足了与学生玩婚外恋的准备，他抱着卢媚想亲她时，卢媚咯咯一笑说："除非你把那颗猫儿眼给我！"

李循说："那东西虽值钱，但你家中很有钱，还在乎这点东西吗？"

卢媚说："不对，那猫儿眼是爱的象征，你把猫儿眼给我，我不仅让你亲，还让你……"

李循提前下班回家中乱翻一气，但没有找到猫儿眼，只好底气不足去找江蕊要。

江蕊一听哭叫着："你这个负心的东西！"她掏出一直带在身上的猫儿眼，向瓜州渡口狂奔而去。

李循赶到时，江蕊扬手把猫儿眼丢进江中，但是她没有像杜十娘那样跳进江中，而是站在江边对李循说："结束了！猫儿眼又回到了原来的地方！"

李循涨红着脸说："我当初是冒着生命危险把它捞起来的。"

"可你珍惜了吗？"江蕊冷冷地说，"我不扔，你送给卢员外的小女儿，迟早她也会像我这样扔下去的。"

李循被江蕊的深度震撼住了，很久很久说不出话来。

瓜州渡口有人唱起了情腔，很古老的情歌，很有杀伤力的，但是这个时候听起来，却让人感到心头哇凉哇凉的。

江蕊又说了一句："这么多年了，发生了这么多的爱情故事，总是有相同的翻版，真是要命。"

周朝的一本族谱

在家天下的时代，作为族谱，我要记载的就是一个族系的开枝散叶生生不息的繁衍历程。

我的与众不同是因为我的开篇是从女人开始的。自从人类社会进入了父系主导后，女人的名字就没有资格被写进族谱里。能被写上去的那也只是一个姓氏。但是，三位女人使我这本族谱被破例允准写满了一页又一页感人而又神奇的事。

祖甲元年，姬亶父率族人渡过漆水河穿越梁山不远千里来到岐山下的周原开疆拓土。后来被写进我这本族谱中的第一位女性也参与了这次辗转千里的迁徙。这位名叫太姜美丽高贵的女人是姬亶父的妻子。已生了两个儿子的太姜当时又身怀六甲。她以辅助族人成就大业的过人的勇气，不避繁苦，坚辞留守后方等待接应的照顾，义无反顾地随族人走在了风餐露宿的艰难困苦中。太姜那柔顺贞静的脸上始终露着快乐的笑容。在艰难困苦中这种气定神闲的笑容令整个族人无不动容。辗转千里没有一个族人叫苦和掉队。

一马平川的周原北倚巍峨岐山，南临滚滚东流的渭河，土肥地美。姬亶父率族人疏沟整地划分邑落开发沃野造房建屋营建城郭。一个曾经四处流浪的部族定居岐山之后变游牧为农耕而迅速强盛起来。顺利生下第三个儿子季历的太姜跟随族人种地牧羊织布，还要教导三个儿子读诗书明事理。她贤惠柔顺贞静的美名在四处传扬。豳州边民视姬亶父为仁者，视太姜为贤德之人，扶老携幼纷纷前来归附。西周这样一个强大新王朝的缔造由此拉开了序幕。

次年秋天在周原庆贺秋收的喜庆日子，族人纷纷把珍藏多年的美酒香囊鲜花献给太姜，太姜用她贤惠、坚强、勤劳赢得了整个族人无比的尊敬。当天夜里，高兴万分的姬亶父亲自提刀笔把太姜的名字刻进了族谱的最前端。

太姜得知她的名字被写进族谱并没有感到高兴，她为因她破坏祖制而感到不安。族人闻之都欢欣鼓舞，认为把太姜这样的仁爱贤能的女人写进我这本族谱是实至名归，也是对她的一种最高的褒奖。美德的魅力转化成巨大的能量，世俗与心灵的枷锁轻而易举就被砸开了。

季历在时间的前行中接过了振兴部族的王旗，这一次向我走来的这个女人美得无与伦比。这位名叫太任来自挚国王室的公主美丽端庄而且聪慧善良性格温顺典雅。芳名远扬曾经使求婚的车队在挚国的都城底下排成了长龙。太任以超出她阅历与智慧的眼光拒绝了王后之位的诱惑选择了岐山季历。被写进了族谱的太姜充满了神奇的力量，这样的魅力感召才坚定了太任的选择。

一个夜晚，太任打开族谱看到太姜的名字，她激动得全身发抖。我知道，她内心的秘密。

太姜成了太任的最好榜样。下地种粮回家织布给季历做饭，太任做这些事的时候，她美貌如花的脸上总是充满快乐的笑容。她带着食物去看望一位受伤的士兵。离去多时之后，感动万分的士兵还长跪在地上泪流满面。太任的仁爱美名开始在传扬。

初夏的周原繁花似锦，太任每天清晨行走在原上呼吸鲜甜的空气，与大自然融为一体那是为了腹中的婴儿。她搬出了王室，不看不雅的画面不听淫邪的声音不说狂敖话语。太任展现了最强大的母性光辉与智慧。

太姜与太任的美名在王室与民间流传着。太任精心孕育的孩子就是后来闻名天下的文王姬昌。姬昌建立了八百年的周朝，创制了王朝的年轮，纪录至今还没有被打破。这一切都缘于太姜与太任的福报。太任被写进我这本族谱就是理顺成章的事了。

同样美好的故事还在写着续篇，有莘氏部落美貌女子太姒来到了周原。成为姬昌妻子的太姒对长辈的德行充满了仰慕，效法太姜、太任的太姒一样来到田间劳作，把养儿育女当成一项伟大的事业来经营。她把十一个儿子都培养成了国之栋梁人之英杰。当姬昌把太姒的名字写进我这本旷世的族谱时，周朝三太的名字就定格在了历史的篇章中。

许多年之后当“太太”成了人们对已婚女人的尊称时，周朝三太圣洁美丽的光辉充盈在大地上，依然能穿越历史的烟云走向现代。

吕尚秘密制造两个兵符

我是用来调动军队完成重大战事使命的信物。将我带到人世是一位年过六旬的老人。帝辛二十四年，面对气数将尽奄奄一息的殷商王朝，不忍天下苍生长久陷入兵戎之祸，等待明主偏居在渭水河畔的吕尚老人以超人的谋略在撰写一部旷世奇书。许多年之后，当那位名叫孙武的兵家凭借一部《孙子兵法》赢得“兵圣”之誉名扬列国之时，时人却没有追根溯源，孙武的兵家思维正是来自吕尚老人撰写的《太公兵法》。

在《太公兵法》这部旷世奇书中，吕尚提出以“勇、智、仁、信、忠”五种标准来挑选兵士建立军队实现强兵之道。强兵是国之大事存亡之道，将兵之人贤能忠勇则保国家安全，将兵之人若存私念公器私用就会误国。吕尚老人由此获得“武圣”的称誉，成为历史上最具盛名的一代法家、兵家和谋略家。许多年之后，吕尚老人还被写进了封神的作品中，那是民间对他谋天下安危心系百姓的极度褒扬而贴上的神化标签。

传奇人物的秘密行动最具匠心和魅力。帝辛二十八年，已完成《太公兵法》的吕尚老人走进了西岐深山的一间铜炉作坊，找到名匠蒋一铜打造了一个龙形、一个虎形的青铜器。这两个只有拳头大的青铜器内部中空一剖为二，镶嵌契合在一起天衣无缝，打开就变成一左一右的两个铜器。在龙形的青铜器上有错金铭文：“甲兵之符，将兵束军”。在虎形的青铜器也有错金铭文：“神威兵符，君授将用。”这就是我的前传。

吕尚老人辅佐明主西伯侯姬昌成就了帝业，之后在封地齐国造福治下百姓。吕尚秘密制造的这两个兵符也一直没有使用过，被他秘藏起来。

我再次出现在世人的视野里，江山已经易主，历史走进了烽火连年群雄并起的战国时代。龙形兵符最早在魏国现身。成功的变法总是使一个国家强大起来的必由之路。法家李悝的变法使魏国的国力冠盖七国。强大起来的魏国马上寻找强兵之策。魏国名将吴起训练精锐步兵，只有手执长戈、身背五十支长箭与铁胎弓弩、携带五十余斤的三天军粮，急行军百里还能立即投入战斗的士兵才有资格成为魏国步兵。这支名为“魏武卒”精锐彪悍的军队创造了七十二战六十四战全胜八战平局的完美战绩，令天下诸雄闻之色变。魏文侯把我一分为二，一半长年交付给吴起以显示对这位名将的信任和宠爱。为回报文侯的知遇之恩，吴起发动了对秦几乎毁灭性的战争。五万魏武卒夺取了秦国黄河西岸五百多里土地，黄河西岸死伤百姓不计其数一时血流成河。

新任国君魏武侯一登大位表演了一场游戏。从吴起的手中取回龙形兵符之后与其手中的合在一起埋在了后宫的山上，以此期盼从此马放南山天下不再有战事。武侯玩的是掩人耳目的把戏，当天夜里就令人秘密把我从土中取出，紧紧地收在他的囊中。感到已失去信任的吴起悄然离开了魏国。

秦国正在谋划一场知耻而后勇的反击。向天下发出求贤令起用卫鞅实施变法是秦国反抗魏国的核心内容。吕尚老人秘密制造另一个虎形兵符出现在秦宫。把富国强兵救大秦迈出积贫积弱作为毕生大业的孝公对卫鞅变法赞赏有加，也把我一分二，把虎形兵符的一半交给卫鞅。卫鞅把我的一半交给车骑大将军车英的同时，发出兵将立军功可授爵位的军令。由弱变强的秦国军队成了虎狼之师，带着夺回被抢土地的复仇心态向魏武卒举起了长戈。秦军克魏国西鄙，迫魏王交回被夺取的河西土地。此役魏武卒死伤四万余人，满山遍野的遗体在控诉战争的残暴与罪恶。纵是长缨在手已操胜券的卫鞅在那一刻也收敛了脸上笑容。班师回朝之后，卫鞅马上把我交回给孝公。

在经过一次又一次战争的血腥场面之后，我也终于明白了吕尚这位有韬略鼻祖、千古武圣称誉的兵家的良苦用心：我绝不单单是用来调兵遣将的信物。用来制衡才是吕尚老人发明兵符的深刻用意。王廷君王与将军、国与国之间的兵力只有互能制衡才不会轻易发动战争。天下苍生才能减少兵戎之祸共享太平。

许多年过去了，我已成为冷兵器时代的一种史料证物，但是我相信，我身上所引发的事还是能给时人思索和启迪的。

穿超汉朝的一件布衣

我名叫布衣，是衣服家族中的一员。二百万年前，居住在荒山野岭的原始部落把野兽的毛皮制成包裹身体用于抵御寒冷的物品，这是我的前身。经过千百年的演变我的家族不断繁衍而变得丰富多彩。华裳丽衣花团锦簇高贵典雅的风格使世人渐渐忘掉了我的历史与使命。只有那位名叫张良的谋士最懂得我的价值。

秦二世元年，曾在博浪沙狙击秦皇嬴正的张良埋名隐姓在下邳苦读《太公兵法》。这位家世显赫的韩国贵族在下邳城北找到衣匠马远图定制了一套布衣，这是我的起源。剪裁合体的青白色布衣穿在张良的身上，这位才华横溢韬略过人的年轻人显得异常地洒脱。

谋国是谋士追求的最高境界。失去民心支撑的暴秦政权遭到反抗与瓦解成为一种必然。刘邦这位少时不务正业的泗水小亭长以斩蛇起义的神异姿态出现在乱世的战场上，逐渐成为政治新星。寻访明主安济天下的张良在刘邦与项羽之间选择了前者。

把身上的布衣脱下来换上了汉军服装的张良特别吩咐属下，把我浆洗一番之后装在藤甲箱里像宝物一样带在身边。到了军中把原来穿的旧衣服像草履一样丢弃的韩信一时无法明白我的主人的心思。

战事的推进就是一场场生死较量。灭掉了秦军的楚王汉王阵前矛头相向，分化成了争夺新政的两大阵营。四年的峰火死在战场上的兵士千千万万。谋士一个好计谋的威力不亚于一个兵团。张良为处在战事下风的刘邦献上了联合英布、彭越平天下的重要谋略。一味迷信强大武力的楚王尝到了刚愎自用的苦果。张良献上的“虚抚韩彭兵围垓下”之计把楚军逼进了绝境。“十面埋伏”与“四面楚歌”使霸王全军覆没。刘邦

“运筹帷幄之中，决胜千里之外”的评价是对我主人最高的褒奖。

战事已定就是谋士不幸的开始。刘邦穿着布衣夺取了天下，换上了皇帝的龙袍，布衣对于他来说已不屑一顾。只有张良对我情有独钟，已封为留侯的张良一回到府上就会把官服脱下，穿上我这件已穿了多年的布衣。历经过了战火的摧残与时光的冲击，我的身上变得千疮百孔。张良钟爱布衣的名声在长安城传扬，下邳城北衣匠马远图慕名来到张府，甘愿为仆，专事为留侯裁剪布衣。

张良哈哈大笑把马远图迎进府上，不求裁剪新衣只求把我修补好。已成为名衣匠的马远图有着过人本领，一番修补之后我变得完好如初。

被封为一字并肩王的韩信前来拜访我的主人，我的主人穿着我这身布衣会客。韩信睁大着迷惑的双眼不明所以。张良意味深长地说：“官服只适合在朝堂上穿着，布衣才是衣服的本色本源，穿回布衣更感到舒适自在。”

自称点兵多多益善的韩信没有明白这话的深意。不久之后，没有布衣情结对皇帝新衣充满幻想的韩信就被诛杀。这位被称为汉初三杰的勇将落得如此下场，后人为他遗憾了几个世纪。

相国萧何在一个深夜前来拜访我的主人。未老先衰满头白发的萧何见到我的主人穿着布衣会客非常羡慕。张良又是意味深长地说：“丽衣久穿不适，布衣久穿无妨。”

明白此话深意的萧何深以为是，然而位极人臣的萧何始终下不了决心脱下官服穿上布衣。患得患失中萧何被复杂繁重的朝政拖垮了身体，这位被称为汉初三杰的一代政要年过六旬就一病不起过早撒手人寰。

我的主人称病不朝已有一段时日，相国萧何谢世之时，张良再次上表决心归隐，高祖刘邦挽留一番之后给予恩准。张良功成身退千古流芳成为后世的美谈，那是因为他比许许多多的人明白了君臣之道人臣进退之规律，君与臣的蜜月期一过引发的将会是反目为仇，急流勇退归隐林下是最明智的选择。

临行之际，衣匠马远图长跪在张良面前告诉他一个惊天秘密，他是皇上安插在张良身边的耳目，

张良哈哈大笑说：“你进门的那一刻我就猜到了你的身份，其实皇上

在重臣身边安插耳目的又岂止于张某？韩信、萧何那一个身边没有安插皇上的耳目？”

穿着一身布衣的张良从此退出政治舞台，隐居大山深处摒弃人间万事专心修道养身，成为汉初三杰者谋到最好人生归宿的赢家。

三十三张狼皮制作的战鼓

我是一面用三十三张狼皮制作的战鼓，一槌之下似有群狼在怒吼。敌军闻之莫不闻风丧胆。我的主人名叫梁红玉，她是一位美貌如花的女子。十万金军被她一鼓击退，一面战鼓竟然成了救国的利器，数百年来无人能出其右。一面战鼓成就一位女人创造的军事奇迹，乱世把这位名叫梁红玉的奇女子写进了历史。

徽宗宣和元年的夏天，池州北效的狼头山上群狼出没。豆蔻年华的梁红玉跟随父亲上山打狼。一支射出的利箭以百步穿杨的形式直穿狼心。恶狼在毙命的一刻都想不明白一个如花似玉的女子本领竟然如此高强。武将出身的父亲梁国驰传授了梁红玉一身绝技。

梁家的狼皮积聚到三十张的时候，那位名叫方腊的男人举起了灭宋的大旗。梁国驰奉命前去平定方腊之乱却因贻误战机被诛杀。梁红玉从一名官家小姐沦落为京口军营的营妓。

沦落风尘不自弃，梁红玉在欲波翻飞的欢场上没有自怜身世，暗中操练武艺保持一种追求的状态使她处在人生的最灰暗之时仍保持鲜活的亮色。英武将军韩世忠慧眼识人，把身陷红尘的女人拥入怀中给她名分，将军的爱使世俗的面孔无地自容。爱的传奇只是军事传奇的开端。

金国的强大与崛起联接的是无休止的侵略与战争。金国的一再强暴使南宋的历史写满了屈辱的章节。完颜宗弼率十万虎狼之兵跨过长江长驱直入，宋朝的都城临安成了金人的军事标的。高宗皇帝秉承了先皇一贯苟且偷安的懦弱风格。在主战还是议和的争论中，金国的兵士长驱直入，宋朝的百姓一个个沦为乱世的冤魂。完颜宗弼大肆掳掠之后用船只满载战利品返回金国。

黄天荡这样一个小港因为一场惊天逆转的战事而名满天下。浙西制置使韩世忠率领八千水军以一种似死如归的气概在镇江阻截入侵掳掠之后的强敌。

安坐在指挥船上喝着烈酒观看艳舞的完颜宗弼接到军报，狂笑了几声后说了四个字：以卵击石。

镇江北山上出现了狼群，白天时分群狼在山谷中时隐时现。一个年轻貌美的女人单人单骑冲进山谷。女人张弓搭箭对着山谷中出现的群狼射去。三支利箭射下三只恶狼。只听几声惨叫群狼就没了踪影。冲到近前再细看，利箭之下的恶狼竟是披着狼皮的金国士兵。负责侦察的金国士兵直到毙命也没有想到这个年轻貌美名叫梁红玉、已做了将军的女人还是如此勇武。

三个金国士兵披着的狼皮成了我身上的组成部分。用三十三张狼皮制作的战鼓被巨形的鼓架安放在指挥船上，远远望去就似一个秘密武器。宋军的斗志被我深深地鼓舞着。

完颜宗弼选择一个无风无浪的日子北渡长江，几百条战船强行开来试图一口吞掉镇江。江面上激战无比惨烈，梁红玉冒着箭雨飞速登上鼓架擂响了战鼓。一槌之下我的身上发出了群狼的怒吼，激荡豪情，平静的江面顿时就像掀起了惊天骇浪，金国的战船变得战战兢兢。如狼似虎的金军在这一刻就被瓦解了斗志。韩世忠牢牢把握了战机，率领十艘巨型战船进行绝地反击。没有退路的金军被逼进了江边的黄天荡。战争结束，梁红玉的身上已插上了十支利箭，鲜血染红了她的战袍。带着胜利笑容的这位美貌如花的女人仍然从容地从鼓架上走了下来。

宋军以八千人马把十万金兵困在黄天荡长达四十八天，一场以少胜多的军事奇迹就这样被创造。一度陷入绝望的完颜宗弼长叹说："梁红玉，太可怕的女人。"

突围出去的完颜宗弼下了一道密令：毁了宋军战鼓者赏黄金五百两，杀了梁红玉者赏黄金千两。

金军派出了一队队人马前来对我下手。被早有防备的宋军一一挫败。我做梦没有想到的是最终向我下手的竟是宋军士兵中的两名贪赏者。完颜宗弼把两名前来领赏的宋军士兵枭首示众。背叛者素来都是自己的掘墓人。

绍兴五年八月，转战楚州的梁红玉遭到了强敌的伏击，这位三十三岁美貌如花的女将军饮血沙场。一万面战鼓同时敲响，宋军为这位名震天下的女将军举行了隆重的葬礼。

远在金国的完颜宗弼也下令同时敲响一万面战鼓，为敌军阵营中这位奇特的战将表示敬意。

对英雄的崇敬，有时候是可以不分国界的。

飞过大明天空的一只苍鹰

我是鸟类族群的其中一种，蓝天苍穹的活动空间与搏击长空的飞翔能力使我赢得了人类的尊敬。我成了象征远大志向的参照物。名盛一时的诗人崔铉白居易刘禹锡都曾为我写过赞美诗。其实这些都只是表象，真正懂得我的内心世界与精神价值的是林良。遇到那位名叫林良的画家，我的一生因此而充满了传奇。

天顺元年的春天，我出生在白云山顶的一个山洞里。我的父亲是名闻南粤的鹰王，在万丈高空中能像箭一样俯冲到地面，片刻之后，他的脚上就多了一只野山羊，他稳准狠，数十年来从没有失过手而扬名整个苍鹰界。

我这一脉是整个鸟类世界享有最长寿命的，七十岁的寿龄常使人类也自叹不如。我的父亲在四十岁的时候遭遇了一次巨大的考验，提早老化的爪子已无法有效地抓住猎物，变得又长又弯的喙几乎碰到胸膛严重阻碍进食。更可怕的是羽毛长得又浓又厚的翅膀变得十分沉重，飞翔已成为一种痛苦的动作。等死或经过一个十分痛苦的更新成了我的父亲面临的两个选择。

我的父亲飞到白云山顶一处陡峭的任何鸟兽都无法上去的悬崖，把弯如镰刀的喙撞向岩石，把老化的嘴巴连皮带肉从头上撕下来。等到长出的新喙能当钳子的时候，他又一个一个把趾甲从脚趾上拔下来。最后他把旧的羽毛都薅下来，一百五十天冒着疼死饿死的危险，我的父亲通过这样残酷的改造自己重塑自己而或获得新生。获得新生的父亲很快赢得了一桩美好的姻缘。

我的母亲是来自北方千羽丽鹰，她身上的羽花能变幻出五颜六色的迷人光彩，她是母鹰族系当之无愧的鹰花。神奇的前传和特别的血统使我一出生就显得特别不同，既有鹰王高空翱翔的英姿又有鹰花独特的翎羽，我像一位明星一样光彩照人，这也给我的生存与成长之路带来了波折甚至是不幸。

广州城北富户杨大随在把玩奇珍之余也钟情观鸟。我的美名传遍全城的时候，拿着杨大随赏银的捕鸟人已走进了大山深处，危险在步步向我进逼。这个时候，我的母亲正在对我进行最残酷的飞翔训练，把我翅膀中的很多骨骼折断然后逼着我忍着剧痛不停地展翅飞翔，只有如此，将来我才能在广袤的天空中自由翱翔。翅膀流着鲜血只能在低空飞翔的我被一张黑网网住了。从此我与我的父母生离死别，我成了杨大随的笼中玩物。

我进入杨府的第十天，一位二十出头满脸英气的年轻人出现在杨大随面前，自愿为其家仆。他正是我的知音林良。这位志在丹青的富家子弟喜爱花鸟，对我更是情有独钟。得知我出现在杨大随府上，他不惜隐姓埋名屈身为仆。每天繁重的体力劳作之后，林良就会悄悄来到我的身边如痴如醉般观看我，我读懂了他欣赏我的目光。

广州府衙布政使陈金也喜好丹青，对于鹰画也是情有独钟。杨大随以商人的算计把我当成礼物送到了陈金的府上。我以为我与林良的缘分已尽，没想到几天之后，林良又投到了陈金门下。每天繁忙劳作之后，林良一样会悄悄来到我的身边如痴如醉般观看我，对他的知遇之恩我常常感动得泪流满面。

喜好丹青天赋平平的陈金选择一条捷径——临摹名人画作。那是一个没有多少公务的日子，在一旁观看陈金临摹名人画作的林良指出了画中缺漏。认为林良信口开河的陈金勃然大怒。林良一把拿过画笔，片刻之间一张翎毛奇妙的苍鹰图就完成了。转怒为惊的陈金连忙把林良推到上席坐下细问缘由。林良的画名从此声名鹊起。

成化元年的春天，我的命运又发生了一次改变。布政使陈金我把带到京师当成一份特别的礼物送给了亲王朱友常。这一次，我与林良真的是离别了。京师与南粤千里迢迢，我在亲王府中常常默默怀念林良。

再次见到林良是在两年之后，当他出现在亲王府中的时候，我有一种恍如隔世的感觉。林良这时候的身份是内廷供奉。我很清楚，他一定是因为我才入宫的。因为不久之后他创作的《双鹰图》画中就有我的影子。画中的我焦墨勾喙我的神态炯炯，站在大斧劈皴山石林立的陡峭的崖壁前，我更显得气势雄强。他画了双鹰，我想那是因为他怕我孤单寂寞。

飞过大明的天空，我不幸落入富者王者的笼中，这是我毕生之痛。

飞过大明的天空，我遇到林良这位能欣赏我关爱我的画家，这是我毕生之幸。

武林还原无影脚的真相

我的问世与许多奇招妙着的诞生一样引起了整个武林的侧目。霍元甲的迷踪拳、杜心五的神腿都曾使整个武林为之振奋。当无影脚现身江湖在御敌搏击中展示出强大的威力后，我的主人黄飞鸿由此成了岭南武坛一代宗师。并被赋予高深莫测的神秘色彩。无影脚与黄飞鸿形影相随，其实这只是一种表象。我的问世曾经经历血雨腥风的许多波折。武林在沉寂二百年之后终于能解开一些历史的谜底，为世人还原事件的真相。

我的真正主人不是黄飞鸿而是一位名叫宋辉镗的武林中人。光绪十一年七月的这一天，一位被打断腿骨的伤者以不速之客的姿态被抬进了广州仁安里宝芝林医馆。坐镇医馆悬壶济世治病救人的正是黄飞鸿，这位以家传武学在武林中声名鹊起的武林才俊还饱读诗书更习医技，其驳骨疗伤之技成为民间医馆一绝。带着一颗造福百姓扶危济困的侠义之心，坐镇医馆的黄飞鸿对前来求医的达官显贵与身无分文的穷苦人一样都给予精心的医治。

黄飞鸿以精湛的医术片刻之间就为伤者接好了腿骨，带着一脸怒气的宋辉镗也在此时出现宝芝林。为了了却一宗武林恩怨，他使绝招将伤者的腿骨打断。担心伤者伤愈之后再来寻仇的宋辉镗由此迁怒于黄飞鸿。

“医者眼里没有恩仇只有病人。”黄飞鸿坦然一笑，拱手想把宋辉镗迎进医馆一叙。

怒火攻心的宋辉镗一时无法克制自己，以切磋武艺为由想借机教训黄飞鸿。再三谦让没有奏效后，黄飞鸿与宋辉镗进行了一场施展绝学的较量。这个时候的黄飞鸿师从父亲黄麒英、广东十虎铁桥三弟子林福成，练就工字伏虎拳、虎鹤双形拳、铁线拳、五形拳等奇招妙式，把使用蝶掌的宋辉镗逼得连连后退，危急时刻宋辉镗使出我，神鬼莫测的无影脚使黄飞鸿中了一招。

“宋师傅技高一筹，黄某自愧不如。”黄飞鸿气定神闲对宋辉镗施了一礼说，“能者为师，飞鸿愿以弟子之礼拜在宋师傅门下。”

跟随主人我在武林纵横数十年，见过数以万计的武学者，有黄飞鸿这等胸襟的可谓是万中无一。黄飞鸿甘愿投在我的主人门下那是对我主人的褒奖。我明白我的主人做黄飞鸿的师傅是不够资格的。我的主人也没有答应黄飞鸿，那是因为他不想把无影脚的绝学外传。

聪慧过人瞬间就明白了宋辉镗心思的黄飞鸿，提出把“工字伏虎拳、虎鹤双形拳、铁线拳”与“无影脚”进行招式交换的建议，以三易一见到有利可图，宋辉镗立即答应。从此之后，我甘愿与我的第一位主人分道扬镳，我把黄飞鸿当成了我的真正主人。

光绪二十一年五月，宝芝林医馆抬进了一拨又一拨伤兵。倭寇侵犯台湾南方战事吃紧，黑旗军在台南、新竹、苗栗、彰化、嘉义等地抗倭寇。伤兵用船只运到广州请宝芝林医馆给予医治。这天深夜一位身材魁梧的中年男人突然现身医馆对黄飞鸿不取分文医治伤兵深表谢意。言罢还题写了“技艺皆精”的匾额悬挂在医馆的正门上。这位男人正是黑旗军首领刘永福。

“国家有危难，男儿勇担当。此更是武林中人所为。”黄飞鸿大义凛然对刘永福说，“飞鸿愿随将军赴台共击倭寇。”

我的主人以黑旗军技击总教练的身份来到了台南，他把工字伏虎拳、虎鹤双形拳、铁线拳、五形拳等奇招妙式一一传授给士兵。同时还把无影脚的一招一式进行精心传授。无影脚声东击西以快制敌。

我想旁白一事的是我的旧主人宋辉镗得知黄飞鸿把无影脚传授士兵很是生气，认为如此绝学不应外传太多的人。

两月之后在台南的一场阻击战中，一千黑旗军士兵以一敌三用伏虎拳、无影脚杀敌。黄飞鸿冲在阵前以一当十，是役杀死三千倭寇。倭寇闻听到我和我的主人的名字无不变色。倭寇在后来写给日本国的战报中有这样的描述：支那黑旗军聘用黄飞鸿任技击总教练，授无影脚等招式，近身搏击我军溃不成军，死伤者众，请急援。

日本一位拿到战报的记者将此事写成了新闻，我与我的主人由此名闻东南亚，不久之后就传到了世界各地。

事件还原了真相，我的内心还是有很多的感慨。我能易主是我毕生之幸事。若我一直跟随我的旧主人，我就始终只是藏头露尾暗中把玩的把式。眼里能装下整个武林，心里能容纳整个江湖，武魂与灵魂共融，新的武学才能在这样的武林土壤中大放异彩造福天下。而所有的这些，黄飞鸿都做到了。

晚清俊才陈启源

我是一种纺纱的工具，我是工业萌芽时代的产物，贴上工业文明的标签并没有使我获得应有的历史地位，我甚至成为榨取剩余劳动价值的帮凶。其实那是世人对我的一种严重的误读。直到我遇到那位名叫陈启源的民族资本工业的创始人，我的功能与使命才被真正的发掘出来。

我的前身有着漫长的历史。原始社会勤劳的先民用石片、陶片和短杆就已制作出了名为纺砖的最原始的纺织工具。战国时期我就使用纺车这个名字。

元贞三年，淮州松江府乌泥泾镇一位妇人，在长江之滨学得纺织技术之后回到故里，改良出了能集杆弹纺织的生产技能的纺织机械和能同时产出三线的三锭脚踏纺车。这位名叫黄道婆的妇人凭借这了不起的发明被尊为布业的始祖。

陈启源这位生于南海郡的工业才俊把这项发明推向了一个新的领域。出身纺织世家与海为临邻的陈启源思维视角领海内风气之先，幼读诗书广泛涉猎诸子百家星象舆地诸书，是一位学富五车胸藏万象的饱学之士。

跟随在安南从事纺织贸易的兄长陈启枢经商数年之后的陈启源来到了暹罗，他的人生辉煌由此拉开帷幕。在暹罗一家缫丝厂见到采用法式机器缫丝效率高丝质精良，陈启源如获至宝，在家乡创办缫丝厂的想法就此变得坚定起来。

陈启源购买两台缫丝机器运送回国，出关之时却被海关拦住了。一心要垄断中国纺织机械市场的法国在华纺织包办萨约奇重金买通海关设置重重障碍，我被无限期地搁置起来。

法国纺织包办萨约奇安坐广州城等待陈启源携款前来购买设备，但

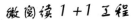

是迟迟没有见到陈启源的身影。几个月后等来一个令他感到无比惊讶的消息，陈启源已把我运回位于南海西樵简村的家中。敢于创新想法多多的陈启源不会在列强的封锁中坐失良机。他在南洋华侨的帮助下，作出一个大胆的行动化整为零把两台缫丝机器全部拆卸成零件混在运载煤油的船中，分十几次成功把我运进了广州的码头。

萨约奇派人打听陈启源开办缫丝新厂的进展。已把我运到家里一晃过了半年，陈启源的缫丝厂还没有丝毫动静。萨约奇心中暗暗高兴，他猜测可能机器运送回来之后没有专家帮忙组装，已成了一堆废铁。于是他又多了一个想法，等待陈启源携款前来请机械工程师前去安装。同治十二年，西樵简村的缫丝厂开张了，隆隆的机声响彻云霄。成为中国第一家民族资本的蒸汽缫丝厂的“继昌隆”声名远扬。带着万分惊叹的萨约奇来到了继昌隆，当他得知运回设备后，陈启源用半年时间亲自设计图纸，新增了蒸汽锅炉使法式缫丝机能半自动化生产时，这位傲慢的法国商人不由自主对陈启源伸出了大拇指，连声说：“陈，你是我见过的最了不起最聪明能干的中国商人。”萨约奇担当了继昌隆丝织品出口欧洲的引路人。陈启源用他创新精神和实力征服了他的商敌，把列强封锁中国已久的一扇大门砸开了。

创业的过程总是充满波折。我的到来引起了土法缫丝业界的巨大嫉恨。开有裕厚等三家土法缫丝厂的大户杜裕豪暗中发难，煽动村里一百多人以破坏村中风水为名把继昌隆百米高的烟囱砸了。面对群情激愤的工人，陈启源以心胸有多大事业就有多大的过人胸怀采取了克制，重修了一排低矮的烟囱。他的克制被杜裕豪视作是软弱。不久之后他又煽动三千村民以男女工混杂一起生产有伤风化为借口对继昌隆进行持械捣毁，我遭到了致命的重创。杜裕豪被官府抓进了牢中。尽管如此，陈启源还是出面请求官府轻判杜裕豪。

同治十四年，世界丝品商界发生一起大事，意法诸国蚕茧严重歉收，洋商争先恐后来华采购，生丝丝价狂涨，继昌隆获得开厂以来最大的厚利。家乡简村采用土法缫丝生产的工厂已不再有竞争力。杜裕豪的三家缫丝厂处于崩溃边缘。不计前嫌的陈启源作出了一个大胆的决定，帮助土法缫丝厂改造。简村这个南海桑基小村，我的缫丝机兄弟姐妹的数量暴增到了2000多架，分别住在10间缫丝厂里。这一次我们发出的声音真正的响彻云霄。羞愧万分的杜裕豪来到陈启源府上请罪。陈启源意味深长地说："远亲不如近邻，同行非贼是友。"

次日，陈启源与新改造成的十家机器缫丝厂举办赛龙舟。按照仪式要陈启源讲话，杜裕豪四处寻找也没见到陈启源人影。官山河两边人山人海，眼尖的村民发现站在龙舟上敲鼓指挥的正是陈启源。

杜裕豪感慨万千心服口服道："陈启源，南海人的骄傲啊。他总是如此的与众不同，我纵是竭尽全力也学不到他的万分之一啊。"

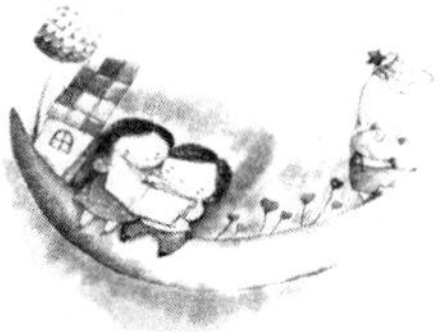

百孝寺的尚德宴

梅城南山百孝寺是一座有三百余年历史的古刹。寺的正门挂着一副对联：孝莫辞劳转眼便为人父母，善勿望报回头但看尔儿孙。对联出自百孝寺住持孝源大师之手，铁笔银钩摄人心魂。

“事天地鬼神，不如孝其亲。”住持孝源大师每每做完早课便对新来的弟子讲百孝寺的渊源。卓一昌出身于梅城贫寒之家，五岁时父亲因病辞世，一家人住在一个旧窑里。母亲靠上山打柴供他读书。在他十五岁时，母亲上山打柴失足掉下山谷摔断了腿。治理了很长时间，病好了走路也变得一瘸一拐的，无法上山打柴，母亲就给大户人家做短工苦苦支撑让卓一昌读书。二十年过去，卓一昌进京参加科考中了进士，等他当官回到家里探望母亲时，母亲已在贫病交加中去世了。卓一昌悲痛万分，辞官在家守孝，再花十年时间筹建了百孝寺，他也出家成为一名僧人，夜深人静时他刺破手指用鲜血书写了一部《孝经》。卓一昌还立下寺规：凡对父母不孝顺者不允许跨入寺庙半步。几百年过去了，历任住持都在宣扬孝道孝德。

九月九日这一天，百孝寺在孝德堂设尚德宴。宴席上摆着精心烹调的六道素菜。与以往设宴不同的是整个宴席只设一个席位，这一天这座百年古刹设宴只请一人，孝敬父母能成为梅城孝德楷模者才有资格成为座上宾。梅城香客信众得知消息都从四面八方赶来想亲眼目睹一下入席者会是何人。“慈父之恩高如山颠，悲母之恩深似大海。”孝源大师宣一声佛号对众人说，“本寺创立山门三百余年代代住持都以宣扬孝道孝德为上。但如今世风日下，许多人子见父母年事已高行走不便视为累赘。梅城南山村有一姓肖的不孝子成家之后竟把年迈的娘亲柳氏赶出家门，老人露宿街头不久病倒，有好心的路人把老人送回了家，不孝子嫌老人满身晦气，不等老人病好竟把老人打得全身是伤。老人一气之下离家乞讨去了。侍奉高堂尽孝老人乃是天伦常道。本寺今日举行尚德宴，众人可自行推荐入席人选。”

孝源大师话音刚落，人群中走出一位年过五旬头戴巾帽的男子，朗声道：“在下为梅城丰昌号掌柜陈于富的管家。世间都说为富不仁，陈掌柜经营丰昌号做的是粮油皮货生意。几十年来诚实守信，生意越做越大。难得的是陈掌柜还是一位孝子。每日堂前侍奉老人，娘亲生病，他放下手头的生意亲自下厨给老人煎药。娘亲生日这一天，为使老人高兴，陈掌柜在府上设宴把周围四十里六十岁以上的长者请来坐席。看看身边像陈掌柜这样孝敬老人的尚不多见，在下认为他最有资格吃尚德宴。”

管家的话音刚落，人群中又走出一位年过六旬的妇人，妇人把身旁一位年过二十的男子拉过来大声道：“今日这尚德宴，只有他才配吃。”

众人一看，只见这位年轻男子衣衫褴褛，一手拿着一条打狗棒，一手拿着一只破海碗，这位年轻男子是一名乞丐。乞丐名叫钟德尚，住在梅城南山北村。十岁的时候，家中遭火灾，父亲被烧死，母亲双眼失明。家中财物被烧毁，他把母亲安置在一个破庙里，每日上街乞讨，讨来的食物让母亲吃饱了他才肯吃。十三岁时，梅城一大富人家没生有儿子，见他长得眉清目秀又孝顺母亲，很是喜欢。提出用百两银子买他为儿子。百两银子给母亲度日，他则到富人家中过少爷生活，被他一口拒绝了：“娘亲在世一天，我就要侍奉她一天。”

六旬妇人泪流满脸说：“老妇就是柳氏，被不孝儿子赶出家门沦落街头，德尚行乞路遇见我，把我接回庙中，认为义母，每天早出晚归乞讨养活两位老人。如此孝心，梅城能找出几个？”

人群中走出一位中年男人朗声道：“在下就是梅城丰昌号掌柜陈于富，曾出资想把德尚买回府上，遭到拒绝，很出乎在下意料。世间之人莫不爱财贪图安逸，德尚却深明大义，孝敬娘亲，不为金钱所动，在下也自愧不如。”

众人听了齐声说：“那就请德尚兄弟入席吧？”

孝源大师宣一声佛号道：“钟施主孝敬老人，一人行乞，侍奉两位老人，堪称梅城楷模。”言毕，让德尚入席。

“在下今日上山不是为赴宴，而是想为娘亲乞讨一些斋饭。”钟德尚说完，请人找来三个食盒，把六道素菜装进盒里，一盒给柳氏品尝，一盒给陈于富带回家给其母亲品尝。另一盒他要带回去给自己的娘亲品尝。

做完这些，钟德尚飞奔下山。人群中很多大声：“小兄弟，慢走。”

身后传来钟德尚的声音：“我怕走迟了，娘亲吃不到热菜。”

“百善孝为先。”住持孝源大师朗声道：“孝敬父母老人可修成一生最大福业。”

度缘寺的菩提树

我的起源带着关于禅的许多的传说，恒河南岸是我的诞生之地，毕波罗是我最初的名字。身高百丈枝干粗壮，嫩绿的叶片四季长青，我乐意为过往的行人遮风挡雨，聚在我的身边的人便越来越多。与王子乔悉达多相遇后，我成了菩提树。佛家与民间流传的神奇的版本放大了我的力量与能量。

北魏孝武帝永熙三年五月，一位西域僧人从恒河南岸摘下了一根菩提枝条培育成小苗一路带到了度缘寺。住持缘空大师见到我如同见到舍利一样奉为至宝，亲手栽种在门前的一块空地上，指派刚刚皈依佛门的僧人了缘细心看护。

了缘问缘空：“大师，你为何出家？出家为何？”

缘空宣一声佛号却道：“执着当成痴，迷途自不悟，只有放下才自在。”俗世的缘空与一位官家小姐有私情，生下一女儿，仍不能与心爱的女人成家而致遁入空门。

我不喜欢了缘，从见到他的第一眼起，我心里对他就充满了厌恶，这个年轻的僧人身上藏着一股杀气常常令我胆战心惊。

了缘也不喜欢我。这位出身于洛城的富家青年有个俗世的名字叫何镇浪。曾经痴迷风月场所，在纸醉金迷中挥金如土过着醉生梦死的生活。一个冬雪飘飞的夜晚，喝得醉醺醺的何镇浪在青楼之中放浪形骸，为争夺一位叫如影的舞伎与贵族青年钟求欢大打出手。盛怒之下，何镇浪夺过随从的一把长刀，一刀之下一道白光闪过，钟求欢永远失去了一条手臂。

罪恶是闪念之间滋生的，背负罪责则是漫长而无比痛苦的。依仗贵族的家庭背景，官府对此案严厉追究。何家几乎赔尽了几十年积聚的家财，钟家依然杨言要砍去何镇浪的一条手臂才肯罢休。何镇浪的父母陷入极度惊惶之中。走投无路的何镇浪为求权宜之计皈依佛门。他在等待时机等到父母离开人世自己无牵无挂之后再度下山把钟求欢杀了，以泄心头之恨。

从灯红酒绿到一脚踏入空门，佛门的清规戒律令了缘感到度日如年。他把我当成了他发泄的对象，在炎炎夏日，他常常十天半个月也不给我浇一次水，极度的干渴把我晒得晕了过去。我想这正是了缘希望出现的结果。

但是，我并没有因此而死去。夜深人静之时，一位老人悄悄来到我的身边，浇下了几勺甘甜的井水，然后再洒上干干的泥土，一切看起来都像没有发生过。这位老者正是缘空大师，我一时之间还无法领悟其中的禅机。

我长成了一棵树，四处寻找了缘的钟求欢得到消息带着多名随从气势汹汹赶到了度缘寺。缘空大师把了缘藏在了密室里，再把钟求欢带到菩提树下道："施主如此执着只为一泄心头之恨。血肉之躯怎堪如此相残？此树为了缘一人看护，可代他受过。"

话音刚落，怒气冲冲的钟求欢独臂挥刀将我砍倒，临走之前放言还将卷土重来。缘空大师在倒下的菩提树上挑了一棵树枝递回钟求欢说，带回府上插在门前定能结出善缘。

一年之后再生能力极强的我重新长成了一棵树，我多了个心病：钟求欢还会不会再次向我举起砍刀。但我万万想不到的是，缘空大师已差人前去给钟求欢送信，请他上山砍树以泄心头之恨。

我抚摸身上曾经留下的伤痕自怜身世。无奈地等待那个贵族青年再次向我举起砍刀。但是这一次又出乎我的意料，钟求欢却没有上山。

又一年过去了，我长成了一棵大树，缘空大师又差人前去给钟求欢送信，再请他上门砍树。

这一次我见到了钟求欢，他是一人前来的，见到缘空大师立即跪在他面前要皈依佛门。钟求欢带回的菩提树枝在其府上门前长成了一棵树，有信众常在树下诵读经书。日子一久，钟求欢突然开悟。

缘空大师却对了缘说："施主六根未静。当日为你剃度，只为扬上天好生之德。今恩怨已了，你重回俗家生活。"

钟求欢剃度出家成了度缘寺僧人了空。

了缘还俗回到家里，骤然见到舞伎如影正在他家中侍奉两位老人。一场欢场恶斗伤及两家，背负心理罪责的如影甘愿为仆来到何镇浪家中，侍奉其父母。何镇浪被如影的善良和孝心打动，不顾其欢场出身娶她为妻。

喜人的消息传到度缘寺，缘空大师在夜里来到我的身边徘徊了半宿，眼里挂满了泪水。没有人会想到他原来就是如影的生父。

光福寺的木鱼石

我是藏在梅城光福寺的一块木鱼石。我曾在济州馒山度过许多时光，一位云游路过的僧人见到我坚硬无比的身躯竟然中间内凹为空，信手敲击发出美妙动听的声音。僧人于是把我带下山请一位石匠把我打制成木鱼的形状。然后带回寺里，成为镇寺之宝。这位慧眼识石的僧人正是光福寺住持石源大师。在梅城民间我被称之为还魂石，象征着吉祥如意佛力无边，可护佑众生辟邪消灾。民间流传的版本放大了我的声名，许多香客信众慕名而来。

这一天，梅城城北梅源镇两位信众不约而同来找石源大师。年近四旬的香客叫何苦，一直靠种地为生。一家六口人靠耕种几亩山田为生，日子过得很艰难。偏偏漏屋遇风雨，一年前何苦的母亲患病卧床不起，家里靠借债给她看病。一家人已有一年没吃过肉了。贫穷像大山一样压得他喘不过气来。

何苦苦着一张脸对石源大师说：“自我懂事起，我就想过上好日子。但是一晃过了几十年，我却没有过上一天快乐的日子。而这样的苦日子不知何时才是头，请大师帮帮我。”

另一位来找石源大师的香客年过五旬名叫马远图，在梅源镇开米面粮油山货日杂店，二十岁学徒出身一直苦心经营了三十多年，积攒了万贯家财，成为梅城富豪。马远图长长一叹对石源大师说：“马某也是穷苦人出身。以前身无分文沦落街头之时。以为只有挣上钱就能过上好日子。打拼几十年，马某拥有商号五家，家中钱粮无数。表面看起来风光无限，但是我的内心却时时被一种焦虑所占据。担心生意上被人做手脚，担心官府强征暴敛，担心家中几房妻妾争风吃醋反目为仇。总之几十年来时时盼望能过上快乐的日子，实际上却从没过上一天快乐的日子。以前是贫穷所致，如今已富甲一方，依然如此，这又是为何？请大师指点迷津。”

“世间八法，苦乐交错。”石源大师手转念珠道，“两位施主请跟我来。”言罢把两人带到我的身边。见到我这块在民间声名远扬的木鱼石，何苦与马远图都不免内心激动，一时之间两人都两眼出神地望着我。

石源大师会心一笑道：“苦与乐，无须执着。两位施主不必忧虑。不日之期老纳将令人带着这块木鱼石下山，在施主的房子外面连敲三声。若是两位施主能听到木鱼石美妙动听的声音，自当脱离苦海，摆脱烦忧获得想要的快乐。”

何苦与马远图下山之后各自回家，一连几天都在等门外能传来我发出的美妙动听的声音，但是愿望始终落空。何苦心想：现在的人都嫌贫爱富，马远图富甲一方，石源大师派人下山敲击木鱼石一定先到他的府上。急于摆脱痛苦的何苦于是一路打听来到了马远图的家门口。但是等了半天只见人来人往不见僧人的影子。何苦叹了一声想回家的时候，马府的管家走了过来对他说：“我看你半天了，在闲着没事干。府上正在修仓库，你愿来帮工，一天给你五十钱还管饭。”何苦平日耕种几亩地日夜忙个不停一年到头也积攒不了几百钱。现在干一天就有五十钱，竟有这样的好事，他连连点头。

当天晚上何苦拿着干了半天挣的二十五钱回到家里的时候，家里竟又是另一番情景。妻子正在为娘亲煲汤药，几位债主登门告知：以前借的钱已有人归还了。一切就像梦里一样。原来马远图回家等了几天，也一直没有听到门外传来我发出的美妙动听的声音。马远图心想：佛法慈悲为怀，定是大师见到何苦生活困顿苦不堪言，派人下山敲击木鱼石一定先到他的家里。于是他换了一身便装从后花园悄悄地走出，一路打听来到了何苦的家中。那是一间十多平米的泥房，破旧不堪，房里没有一件值钱的家什，一位头发花白的老人躺在一堆破棉絮里正在痛苦地呻吟。睹物思情，马远图想起以前一贫如洗的家，良心如潮拍击着他的心田。回去之后一边让管家安排活计让何苦干了挣些工钱，一边拿出银两解何家的燃眉之急。

当天晚上，何苦买来了一些肉菜，一家人吃得很香。小小的屋里终于传出欢声笑语。吃过饭，何苦想：马远图是何家的恩人，是他让何家脱离了苦海。但是他还在被痛苦烦忧，一定要让他先听到木鱼石的声音。他想起镇西石匠有一块木鱼石，就想去借了到马远图家门外去敲击。

打开门，何苦赫然见到门外站着一个人，细看那人竟是马远图。

马远图有些激动地拉着何苦的手说：“兄弟，我在你家门外听到了比敲击木鱼石更美妙动听的声音，那就是你们一家人的笑声。”

砍不断的菩提树

我是长在度源寺门前的一棵菩提树，我有着超强的生命力，一百多年过去了，我仍然枝繁叶茂没有一点衰老的迹象。每个月月初住持源痴大师就会率全寺的僧人在我身边做早课，诵读《大悲咒》。其实建在山脚一边的整个度源寺加上住持只有三名僧人。

北周建德元年三月，洛城富商耿千裘带着一群仆人耀武扬威来到度源寺提出了一个近乎荒唐的要求，耿家要建一座大宅院看中了度源寺依山傍水风景秀丽之地，愿将位于河边的二十亩河滩地与寺中进行置换，重建寺庙的费用由耿家负责筹集。

“如此之为与强征强抢有何两样？”源痴大师弟子了空年轻气盛，愤愤不平道。

“莫非你想告官？”耿千裘的管家阴阴一笑道，“告诉你，我家老爷的姑爷刚刚做了将军。”

源痴大师另一位弟子了真刚刚出家，没有学会出家之人的容忍，闻言勃然大怒：“若你等如此强征本寺，小僧只有与你们拼命。”

只有源痴大师脸带微笑气定神闲。“随缘化渡，迷途知悟。”他宣一声佛号对耿千裘施了一礼道，“施主若看中敝寺之地尽可拿去，置地重建寺庙则不强求。不过老纳有个请求。”

源痴大师的不争不怒令耿千裘感到有些惊愕，他连忙说：“大师请说。”

源痴大师指着我说：“本寺一砖一瓦尽可拆毁，但是这棵菩提树乃是本寺的镇寺之宝，历经人世百年轮回依然挺拔。一花一世界，一树一菩提。人如树，树如人，垦请施主刀下留情，保证不能砍伐。”

见到源痴大师只提出如此要求，耿千裘又感到有些惊愕，不砍树又有何难？于是连忙说：“耿某一定遵照大师嘱托保证让此树好好生长。”

源痴大师与两位弟子化整为零做游方和尚去了。耿千裘把整个寺庙夷为平地花了巨资修建了一座富丽堂皇的大宅院。

住进豪门大宅的耿千裘很快就有了烦心之事。每月的月初和月中很多香客信众自发来到我的身边诵读经文。对树诵经的香客不由自主就会想起一座百年古刹被耿千裘强征强拆之事。有一些信众对耿家仗势欺人之为心存不满，与亲朋好友面谈之时纷纷说起此事。耿千裘为富不仁的恶名在洛城开始流传。

“只有砍掉了这棵树才是法子。”茶饭不香的耿千裘苦思对策，认为根源在于我，若是菩提树没有了，香客信众就不会来了，流言就可以不攻自破。于是背信弃义对我下手。

砍树是夜里悄悄进行的，我这棵百年大树遭到了一次浩劫。但是，出乎耿千裘意料的是，树干不在了树根还在，每月的月初和月中，香客信众自发来到我的树根旁边诵读经文。很多信众对耿家砍树之为进行了谴责。洛城的市民专程跑来瞧个仔细。更有信众带来牛奶浇在我的根部，期望我重新长出新的枝干。

耿千裘背信弃义砍伐度源寺菩提树的传言在整个洛城流传。耿千裘的生意合作伙伴见他为富不仁为人不诚，于是有不少人与他断交。耿千裘气恼交加病倒在床。管家心想，现在骑虎难下只有斩草除根。夜里令人把我连根拔出丢到洛河里。

但是，就是这样也没有阻止香客信众的脚步。每月的月初月中信众照样来到树坑前诵经。令耿千裘更想不到的是，不久之后我竟从树坑又长了出来。

耿千裘感到不可思议。他不知道，当日有信众发现我被连根拔出丢进洛河，就暗中把我抬回去进行护理培植，等长出新枝之后再在夜里移到原地悄悄种回去。

砍不断的菩提树放大我的威声，更多的信众香客比丘赶来诵经。常常听到诵经，日子一久，禅意荡涤了耿千裘心中的贪念，一夜之间开悟，他为自己曾经犯下的过错进行深深地自责。他派人把源痴大师找了回来。

把原本属于寺庙的土地归还度源寺，把一半家财献给寺庙。一年之后，寺庙重新建好了，比原来扩大了两倍。

了空与了真对发生的这一切就像做了梦一样。了空问源痴大师："师父，你是不是一开始就知道答案了。"

源痴大师却道："觉悟世间无常，生死轮回因缘。"

重修的度源寺香火鼎盛。每天的每天人来人往，但是没有人知道这样的变化全是因为我这棵树引发的。而一间寺庙的命运与一棵树的生死紧紧连在一起，能够悟透其中真谛的又有几人？

神奇的僧钵

我是僧人用来化缘的一种食器，我的名字叫僧钵，被视作是佛门中人生存的重要依托。梅城阴那山万和寺建在一个山峰上，寺庙极奇地小，只有一座殿堂和两间禅房，整个寺庙只有一位住持和两位弟子，百余年来这样的格局在周而复始地延续着。康熙六年五月，万和寺住持万可大师令人制作了两个僧钵，僧钵是用陶瓷制作的，僧钵内沿被涂上奶白色的记号，象征长寿、生命力和智慧的“三大甘露”。钵身上刻有“万和”二字，成为我身上最显眼的标识。

万可大师新收了一位弟子取法名了源，按寺规须托钵下山化缘七七四十九天。这一天，了源带着我来到山脚下的梅坞小镇上，已是正午时分，镇上人来人往，酒楼饭馆里飘着诱人的香气，已感饥肠辘辘的了源在临街的一家木器商行里讨得一钵斋饭，用完餐后困意又袭上来，了源来到镇北角的一个屋脊下靠着一个石凳小睡了片刻。醒了过来之后，了源大惊失色，因为放在一旁的僧钵已不翼而飞。

了源内心无比焦急，他不知道师父将会怎样处罚他。他对拿了他僧钵的人内心充满了愤怒。失去了我，化缘没有了工具，了源不得不返回寺里向师父禀报。

了源讲述了僧钵丢失的经过，恶狠狠地说：“师父，一定是小偷把弟子的僧钵偷去卖钱了，若是让弟子抓住此人，弟子一定要狠狠地教训他。”言下之意是抓到偷我的这个小偷一定会狠狠地痛打他一顿。

与了源的慌乱相比，万可大师则气定神闲，他宣一声佛号道：“僧钵没有丢失，又何来的小偷？”言罢像变戏法一样从案上取下一个僧钵递给了源，“请细看，这是不是你的僧钵?”了源一看又是大惊失色，这个僧钵正是他使用的，因为他在我的身上还做了一个记号。望着失而复得的僧钵了源一时如坠入迷雾中。

了源在梅坞小镇休憩时，年轻的小偷卓让以为我是值钱的东西就顺手牵羊把我偷去摆在一个地摊里卖钱。木器商行老板秦万有见到我身上刻有“万和”二字，知道我的来历，这位与佛有缘的信众花了一两银子把我买了下来就叫店里的伙计把我送上万和寺。

“一钵结万缘。”万可大师对了源说，“拿了你僧钵的人，就是有缘人。你下山之后要设法找到此人，当面向他致以谢意。”

向偷了自己东西的人致以谢意?了缘感到难以理解。但是看到师父那威严的脸，他不敢提出反对意见，只好拿着再次下山。

这一日，傍晚时分，了源来到梅坞小镇找到一座破庙栖身。走进里面，只见一个少年满身是血躺在地上正在痛苦地呻吟。少年见到手托僧钵的了源走了进来满脸惊恐地说：“师父，你放过我，我不该偷你的僧钵。”这个少年正是小偷卓让。这是一苦命的孩子，父母双亡流浪街头先是乞讨过日，时间一长就沾了小偷小摸的恶习。几天前，他偷了我卖了一两银子买了烧鸡烧酒请几位小偷朋友海吃了一顿。胆子也大了，今日在镇上他对一位财主下手，刚刚摸到几两银子，没想财主身后带了两位如狼似虎的随从，他们把卓让抓住往死里打，把他打得口吐鲜血遍体鳞伤。了源见到卓让伤势甚重，连忙帮他找来郎中开了几服药服了，再担负起照顾他的责任。每天出去讨了斋饭，带回来先让卓让吃饱了，他才再吃一些。卓让这个受尽了世人白眼欺凌的孩子，得到了源的悉心照顾，他内心充满了感激。他为过去做小偷犯下的错流下了悔恨的泪水。

卓让伤好了，了源按师父的吩咐郑重其事地向卓让表示谢意。卓让满面羞愧道：“大师救了我，从此之后我是饿死在路上也不再干偷摸之事。”卓让还告诉了源一个秘密：那日与几位小偷朋友喝酒，他们见木器商行老板秦万有经营有方，每日商行里放有不少银子，于是起了歹心，想出一个暗中放火趁火偷银的损招。了源马上带着卓让找到秦万有告知此事，从而使木器商行化解了一场厄难。

秦万有见卓让无家可归，还收留了他，让他在店里做伙计，后来成了商行得力的帮手。

了源回到寺里向师父禀报后来发来的事，万可大师把我端在手中说道：“众生可以成佛，众生也可以成魔，一僧钵度有缘人，幸甚。”

一条神奇的青白布袋

我是一条用青白布料制作的袋子。一条长长的背带连着一个圆形的袋子，外形跟我的主人的肚子一样，能容下许许多多的东西。我的主人是一位随缘化度游历四方的僧人，他叫契此，明州岳林寺是他的家。

关于我的起源曾经有种种的传说。唐开成二年冬日的一天早上，明州城郊渔民张重天捕鱼归家的路上，竟然在冰河上见到一个光裸着身体的幼童卧在薄冰中对着他微笑，这位头皮圆圆肚皮圆圆小手小腿全身胖乎乎圆鼓鼓的孩童面对出现在他面前的陌生男人露出的笑容像阳光一样温暖，张重天这位年近四十还没有子嗣的渔民一把抱起了这位可爱的孩子，奇怪的是孩童手里紧紧地抓着垫在屁股底下的一条布袋。多年之后，这位被渔民取名为契此的孩子长大成人出家之时，带去的唯一物品就是我这条布袋。

我的主人随缘化度游历四方必定要带上我，他也被人称之为布袋和尚。有了这样的传说，我这条青白布袋的神奇功能就成了时人谈论的话题。明州城越来越多的人想把我占为己有以帮助他们完成各种各样的愿望。

这一天是个阴天，我的主人背着我在明州城北化缘。正午时分，契此和尚用了斋饭，卧在一个草堆里，看着大街上人来人往奔忙不停，笑眯眯地道："一钵千家饭，孤身万里游，青目睹人少，问路白云头。"说完就酣然大睡。

草堆旁边还趟着一个年近二十的男人，他是在街上以行窃为生的小偷游不名。对我的神奇功能早有耳闻的他此刻见到我主人在酣然大睡，于是马上伸出第三只手把布袋悄然取出背上就跑。一口气跑回到破屋里，游不名如获至宝，迫不及待地伸手在我身上掏了起来，他想我身上一定藏着不少值钱的东西。但是，他从我身上掏出来的竟是一双高齿木屐和一双草鞋。呆若木鸡的游不名不知道我的主人有预测天气的本领。在路上急急行走，若他从袋中取出草鞋穿上赶路，则表明当天天晴。若是取出高齿木屐穿上赶路，不久之后就会下起倾盆大雨。

游不名还没回来神，几位彪形大汉已破门而入，几个人二话不说对他就是一顿猛打，很快他就被打得头破血流人事不省。几位彪形大汉带着我扬长而去。半个时辰之后，我来到了一座富丽堂皇的大院里，一位年过五十的男人见到我两眼放光紧紧地把我抓在手里，得意万分道："有了这条神奇的布袋，卢家又要发大财了。"这位男人名叫卢顺章，是明州富甲一方的富商。拥有商号十家的他还不满足，做梦都想把家财再翻一倍成为明州首富。当他得知小偷偷走了神奇的布袋后，马上令仆人前去抢夺。至于游不名是死是活他问都不问。他只想怎样把我的神奇功能放大。当天夜里，卢顺章睡在床上还把我抱在怀中，生怕我又被别的人抢走。上半夜极度亢奋的他没法入睡，下半夜终于睡着了的他梦见他开了千家商号，白花花的银子黄灿灿的金子都被装进了我这条布袋里。布袋越来越大，最后竟把卢顺章压在了底下喘不过气来。醒了过来，卢顺章感到胸闷，心里头像压了一块大石一样。请来郎中开了几剂药服了，病情却不断加重。

游不名再醒过来，见到眼前站着一位光额壳凸肚皮茶盘脸大嘴巴见人笑哈哈的僧人正在帮他包扎伤口。他连忙挣扎起身跪在我的主人面前："大师，我偷了你的宝贵布袋，你还出手救我？"

"万物有源，随缘化度。"契此和尚哈哈大笑道，"世上尽多难耐事，自作自受，何妨大肚包容。眼前都是有缘人，相见相亲，怎不满腔欢喜。"

游不名又羞愧又难过说："大师，等我伤好后我再设法帮你找回你的宝贵布袋。"

"手中有线，心心是佛。"契此和尚笑眯眯道，"布袋就在本僧身上，何言丢失？又何须你去寻找？"

再说卢顺章经郎中调治多日病情还是不断加重，心中如压大石吃睡不安。几日时间就形如枯木。万般无耐只好张榜用百两黄金寻良医。

出现在卢顺章面前的就是我的主人。他把我抓在手里笑眯眯道：“物归原主，药到病除。”

面对拿上来的百两黄金，契此和尚取了三两交给跟在身边的游不名道：“你可以此为本金，做些生意度日。”

出了卢府，游不名万分不解地问道：“大师，卢顺章拿了你的布袋为何会病得如此厉害?”

“万法何殊心何异，何劳更用寻经义。”契此和尚哈哈大笑道，“把贪婪贪欲装在布袋里，自会被压得百病丛生。只有把与人方便、把欢乐与笑声装进布袋里，才能给自己、给世人带来欢乐与笑声。人如袋，袋如人。本僧整个一生就只做了一件事，那就是笑，就是乐。”

许多年过去了，关于我与我的主人的许多事都成了传说。许多人还在被他的笑所滋养，许多人的心灵还在被他的笑所净化。

穿越沙漠的三滴清水

我是被装在一个羊皮水袋里的一袋清水。在一千六百年前的一场西行弘法的长途旅程中，我见证了一位高僧的过人心智和胸襟，这位名叫法显的高僧凭借着穿越沙漠的三滴清水就巧妙地化解了一次次危机，成就了度己度人度世的典范。

弘始二年六月，从国都长安西行弘法的法显大师翻越陇山到达乾归国，谢绝了国王的盛情挽留越过养楼山，朝鄯善国进发。鄯善这个古楼兰国流行小乘佛教，几个月前有一批信众受人教唆挑拨离间，准备发动局部的暴动。鄯善国国王一面派出军队加强戒备，一面派出信使请法显大师前来弘法，使受人教唆挑拨离间的信众能解除心魔。法显大师的盛名在西域流传多年，许多信众对他仰慕已久。

法显大师弟子觉常一脸担忧对师父说："此去鄯善国就必须穿越死亡谷大沙漠。大沙漠白日酷热难耐，遭遇热浪无一生还。整个大沙漠上无飞鸟下无走兽寸草不生，只有古老的胡杨以死亡的形式活着。师父此去，只怕……。"

"鄯善国局势危机四伏，老纳又何惜肉身?"法显大师一脸平静地说，"你帮我找一个羊皮水袋装上一袋清水。"当年达摩祖师一苇渡江留下佛国千年佳话，法显大师决心仿效，带上我穿越危机四伏的沙漠。

当天夜里，觉常睡得很沉的时候，法显大师一个人悄悄起身，带上几卷佛经和一袋清水，骑上一匹骆驼朝死亡谷大沙漠前行。天亮之后，觉常醒来之后发现桌子上有师父留下来的两句偈语："施无畏，无死畏。"

觉常一翻身冲出院子借了一匹快马朝大漠方向赶去，几个时辰之后来到了死亡谷大沙漠的入口处生死关前，只见一望无际的大漠上眩目的太阳直照下来，发出刺目的白光，黄沙滚滚的大漠热浪扑面而来。觉常跳下马跪在路边放声痛哭。回去之后就给师父准备后事。因为他知道师父无论如何也走不出这个死亡谷。

法显大师走进大沙漠的第三天，就领教了死亡谷的凶暴。正午时分，整个沙漠突然变得天昏地暗，超强的大风刮了过来，整个沙丘都在移动。法显大师被沙丘埋在了地下，等他徒手顽强挖开一条通道爬了出来时，那匹骆驼已经不见了踪影。法显大师坐在沙堆上诵经为骆驼超度亡灵。然后提着我这装在一个羊皮水袋里的一袋清水继续前行。

第五天傍晚时分，一直孤身前行的法显大师被一位骑着骆驼的彪形大汉挡住了去路。年过四旬的彪形大汉手提一把弯刀，满脸凶残对法显大师道："你是东土晋国高僧，本应成为吾国的座上宾，只是你此去鄯善国布道，那就是与我焉夷国为敌。今奉我焉夷国王命，来取你性命。"

鄯善国与焉夷国为邻国，两国不和已有多年。焉夷国得知鄯善国有一批信众受人教唆挑拨离间准备发动局部的暴动，认为这是一个千载难逢的机会，于是密谋，等鄯善国局部暴动一发生，焉夷国就出兵攻打鄯善国。焉夷国王又得知法显大师不畏艰难险阻穿越死亡谷大沙漠前往鄯善国将以弘法化解这场危机，就密令贴身卫士夷涧男决不能让法显大师走出沙漠。

夷涧男又对法显大师道："我本可一刀杀了你，但念你是东土高僧，我刀下留情。"说完对着我连刺两刀，一个羊皮水袋的水近乎全流倒在滚滚黄沙上，仅仅在袋子底部还残存下来少许。夷涧男已计算过，法显大师要走出沙漠还要七天时间，没有了水，法显大师最终就会被渴死在沙漠上。

夷涧男骑着骆驼远去，法显大师仍手提羊皮水袋继续前行。夷涧男不知道法显大师已学会了辟谷术，半月之内不吃不喝仍然可以健步如飞。再走六天，鄯善国的边境已隐约可见。法显大师又见到了昏迷在路边的夷涧男。他遭遇了沙暴，失去了骆驼，凭借强壮的身体前行了两天还是体力不支而倒了下去。

法显大师把夷涧男扶了起来，拿出我这个羊皮水袋，把仅存的三滴清水全部倒进了他的口中。夷涧男醒了过来，又惊又喜问道："大师，你我是仇敌，我已置你于死地，你为何还出手救我?”

“刀已放下，何来仇敌?”法显大师对夷涧男道，“贫僧没有救你，救你的人是你自己。”说完搀扶着夷涧男继续前行。夷涧男这个曾经杀人不眨眼的王宫卫士在这一刻也感动得泪流满面。

到达了鄯善国，法显大师一连举行了数十场的弘法大会。所到之处他都高举着被刺穿的羊皮水袋讲述穿越沙漠用三滴清水化解一场恩怨的际遇。受人教唆挑拨离间的信众解除了心魔。鄯善国王新建了一座寺庙准备请法显大师担任住持。

法显大师却向国王辞行，准备前往焉夷国弘法。国王很震惊：“焉夷国派出杀手欲置大师于死地，大师此去岂不是自投罗网?”

“正是如此，贫僧才要前去。”法显大师把羊皮水袋提在手里，满脸肃穆道，“在老纳眼里，他们只不过是迷了路。老纳前去设法使他们迷途知返。”

那烂陀寺的光辉岁月

我是建在天竺摩揭陀国首都王舍城北方的一所大寺院，被命名为那烂陀寺，意译为“施无厌”。寺庙规模特别宏大，寺中的藏书多达九百万卷，寺中僧人达到一万余人。每天在此举行的讲坛有一百多场，讲佛学、天文学、数学和医学。千百年来一间寺庙能同时拥有如此之多的僧人实属罕见。天下有志于弘扬佛法的门人僧人都对我仰慕不已。

大唐贞观四年，一位而立之年的青年僧人经过三年的长途跋涉走进了那烂陀寺。从见到这位名叫玄奘来自东土大唐之国的僧人的那一刻，我就被他脸上的坚毅所打动。穿过沙漠雪山一路风餐露宿，玄奘已极度的疲惫。住持设宴为他接风，找遍了禅房也不见人影。最后发动了几百人在整所寺院里寻找，发现玄奘一人坐在藏经阁的地板上正如饥似渴地读书。早在长安之时，玄奘就已经“广就诸蕃，遍学书语”学会了梵文，一路西行，耳濡目染，待他到达那烂陀寺时，梵语早已精通。

为了驱赶疲倦与睡意，他的手中藏着一把银针，不时就在腿上刺上一针，鲜血渗出染在洁白的僧袍里就像开出了一朵莲花。他在用这种近乎自虐的精神苦读经书。

在民间传说的版本中，总喜欢把这位贴上神化标签的人物描写成多灾多难，用了许多时光在逃避被妖魔鬼怪吃掉的厄运。其实，这是一种严重的误读，玄奘把许多时光都用在了苦读上。我见过数以万计的法门弟子，佛法能如他一样精进的却少之又少。作为一间寺庙，我为能迎来如玄奘这样好学博学精通佛法的青年才俊而倍感光荣。

年过百岁的住持戒贤大师端着一钵斋饭走进了藏经阁，面对刺股诵经的玄奘，微微一笑道：“那烂陀寺百余年，舍身苦读求法，玄奘法师当称第一人。”

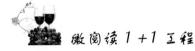

玄奘拜住持戒贤大师为师。戒贤大师给他讲《瑜珈论》。道场设在那兰陀寺广场中央，前来听讲的僧人信众有几千人。每日凌晨五时玄奘总是第一个来到广场中央反复诵读戒贤大师前一天的讲义。戒贤大师用了十五个月才讲完《瑜珈论》这部旷世经文。没想到玄奘却请求师父再讲一遍。戒贤大师用了九个月时间讲了第二遍，而听者却只有玄奘一人。玄奘每天早起晚睡地钻研佛学，全神贯注地听大师讲经，虚怀若谷地向高僧们请教学问，五年的时间转眼就过去了。危机也在这一刻逼近了这位好学的僧人。当然这种危机也在向我逼近。

这一天做完早课，玄奘吃了一钵用天竺大米熬的稀饭后不久就倒在了地上。有人暗中在他的饭菜里下毒。戒贤大师调来了寺中最好的僧医。救治了多日，玄奘才脱离危险，整个人变得极度地虚弱，连说话的力气也没有。但是他还是让人每日在他床前给他诵读经文。

摩揭陀国国王获悉有人暗中向东土前来取经的法师下毒，很是震怒，准备派王宫卫队前来侦查，玄奘知道后对戒贤大师说：“万法有缘，度人自度。请国王收回成命。”

就在此时，寺院门外一片混乱，值日僧人跑来向戒贤大师禀报：有一位名叫乌海的中年男人前来挑战。乌海师从天竺之南的灌顶大师，对于那烂陀寺盛行的大乘佛法嗤之以鼻，于是写了一篇《破大乘论》，列了四十条，贴在寺外的大门上，要与寺中的僧人进行辩论。乌海扬言：“谁要是能把我驳倒，我就用自己的头来谢罪。”乌海的论证缜密，极难找出破绽，寺中僧人对这种外道了解得并不很多，对能否辩胜深感怀疑，于是一时之间无人敢出去应辩。众人听到的是乌海的叫喊和狂笑。

玄奘说：“把我抬出去，我来跟他辩论。”

“玄奘法师，万万不可。”值日僧人急忙道，“按此地惯例，双方进行辩论，输的一方要脱光衣服骑在驴背上，人们把屎尿从他的头上浇下去，然后他在公众面前表示服从，做对方的奴隶。”

玄奘却道：“出家之人，求法求真，何惧这些俗世的羞辱？”说完坚持让人把他抬出去与乌海辩论。几番交锋乌海理屈词穷爬在地上表示服输：“输了就要被砍头，顺便告诉你，你饭菜之中的毒也是我下的。”天竺之南的灌顶大师不满那烂陀寺的兴盛，想制造事端毁坏我的名声，他可从中扩收门徒。

愤怒的寺中众僧提出要把乌海斩首。

“万万不可。”玄奘马上制止，“佛法无边，佛门博大，只要放下恶念，就可皈依我佛。”乌海被玄奘过人的胸怀感化，于是就在那烂陀寺出家。他把在寺中的情况不断写信告诉灌顶大师。

一年之后，天竺之南的灌顶大师也率百名弟子来到我的身边，归在戒贤大师门下，却拜玄奘为师。

那些年那些与佛与法与大师有关的事，都令我感到无比地欣喜。